Theodor Arnold

Abhandlung über die griechischen Studien des Horaz

Anatiposi

Theodor Arnold

Abhandlung über die griechischen Studien des Horaz

Unveränderter Nachdruck der Originalausgabe von 1855.

1. Auflage 2023 | ISBN: 978-3-38200-816-1

Anatiposi Verlag ist ein Imprint der Outlook Verlagsgesellschaft mbH.

Verlag: Outlook Verlag GmbH, Zeilweg 44, 60439 Frankfurt, Deutschland
Vertretungsberechtigt: E. Roepke, Zeilweg 44, 60439 Frankfurt, Deutschland
Druck: Books on Demand GmbH, In de Tarpen 42, 22848 Norderstedt, Deutschland

Vorwort.

Mein College und Freund, der Collaborator Dr. Friedrich Theodor Arnold, hatte am 22. Februar 1845 durch die Vertheidigung der Abhandlung: Quaestionis de Horatio Graecorum imitatore particula in Halle die philosophische Doctorwürde erworben und war bald darauf zum Collaborator an unserer Schule ernannt worden. Die Studien, zu denen ihm unser hochverehrter Lehrer Prof. Dr. Bernhardy die erste Anregung gegeben hatte, setzte er auch unter den großen Mühen seines Schulamts mit dem regsten Fleiße fort. Eine Frucht derselben war die Abhandlung über die griechischen Studien des Horaz, die nach ihrem Abschlusse einem unserer Schulprogramme vorgedruckt zu werden bestimmt wurde. Das sollte der treffliche Mann nicht erleben; er erlag am 13. April 1853 schweren körperlichen Leiden. Jene Schrift kam durch die Güte seiner Angehörigen in meine Hände. Ich habe bei dem lebendigen Interesse, welches die Horazischen Studien auch in unseren Tagen wieder finden, allen Freunden des Venusinischen Dichters einen Dienst durch die Veröffentlichung der Abhandlung erweisen zu können geglaubt und damit zugleich eine Freundespflicht erfüllt. Den Schluß hoffe ich mit dem Programme des nächsten Jahres liefern zu können; einige Andeutungen über den Gegenstand der Abhandlung werde ich dann hinzufügen.

Eckstein.

Von den Griechischen Studien des Horaz.

Einleitung. Object, Umfang und Methode der Griechischen Studien des Horaz im Allgemeinen.

Fast alle jene herrlichen Maximen und Selbstbekenntnisse, die eine so eigene Würze der Horazischen Dichtungen ausmachen, waren einfacher Ausdruck und reines Ergebniß seiner Praxis: gewiß nicht der kleinste Grund, warum eine Bemerkung, wie die Wieland's, kein anderer Dichter habe in seinen Schriften mehr von sich selbst geredet als Horaz, eben so unschädlich, als richtig für unsere Dichter ist. Wenn er demnach seinen Freunden und Schülern zurief: Vos exemplaria Graeca nocturna versate manu, versate diurna, so dürfte daraus schon abzunehmen sein, daß er, der Meister, die Vorschrift selbst am gewissenhaftesten erfüllte. Aber auch nicht wenige seiner eigenen Geständnisse erheben dies zur zweifellosen Thatsache; Lesen und Schreiben d. h. Studien und deren Anwendung gehören ihm wie Essen und Trinken zur gewöhnlichen Lebensordnung (Sat. I, 6, 122), nicht selten fordert er Buch und Licht lange vor Tagesanbruch (Epist. I, 2, 35), mit seinen Büchern verlebt er die glücklichsten Stunden im traulichen Studirstübchen seines Sabinum (Sat. II, 6, 59 sqq.), Bücher sind auf Reisen seine Begleiter (Sat. II, 3, 11 sq.), sie zieht er sogar in den Bädern allen andern Zerstreuungen vor (Epist. I, 2, 1), mit Büchern erträgt er die Einförmigkeit eines Winteraufenthalts in kleiner Küstenstadt (Epist. I, 7, 11 sq.), gilt ihm doch das königliche Rom nichts gegen einen einsam stillen Studienort (Epist. I, 7, 45 sq.), erbittet er sich doch selbst im vorgerückten Alter von der Gottheit vor allen andern Lebensbedürfnissen einen gehörigen Vorrath von Büchern (Epist. I, 18. 108 sq.)! Und was es für Bücher seien, die solch unwiderstehlichen Zauber auf ihn übten, das sagt uns außer obigem allgemeinen Ausspruche und außer bestimmten Nomenklaturen, wie Sat. II, 3, 11 sq. A. P. 73—85, 310 und Od. IV. 2, 1, die er Sat. II, 6, 61 in veterum libris zusammenfaßt, der bemerkenswerthe Umstand, daß an keiner Stelle seiner Werke weder der neuern mit den Alexandrinern beginnenden Griechischen, noch der ältern Latei- nischen Litteratur als unmittelbarer Objecte des Studiums Erwähnung geschieht. Wenn

1

dagegen von seinem jüngeren Genossen Properz (Eleg. III, 1, 1 sq.) Kallimachus und Philetas geradezu als Studienfeld bezeichnet werden, so wird es wahrscheinlich, daß man zwischen parergischen und subsidiären und den eigentlichen Kunststudien unterschied, welcher letzteren Objecte erst man als Gebiet seiner wissenschaftlichen Thätigkeit ansah und bezeichnete. Den Stoff der Griechischen Studien des Horaz bildeten demnach neben der theils vorbereitenden theils anleitenden Beschäftigung mit den Alexandrinern vorzugsweise die Dichter und Philosophen der mit Alexander dem Großen abschließenden antiken Griechischen Litteratur. Ihr Umfang läßt sich mit weniger Genauigkeit bestimmen, da Horaz weder alle uns noch zugänglichen Griechischen Quellen seiner Dichtungen eigens andeutet, noch die jedesmaligen Bezüge auf Griechische Vorgänger genugsam obenauflegt, als daß wir auch auf gänzlich oder zum Theil verloren gegangene Griechische Vorlagen mit Sicherheit schließen könnten. Daß aber der äußere Bestand der Griechischen Litteratur damals in jeder Hinsicht eine von uns nach so vielen Verlusten so vieler Jahrhunderte kaum zu ermessende Größe besessen, ergiebt sich einfach aus dem Umstande, daß er ganze große Bibliotheken füllte [1]), während er heutzutage trotz aller Voluminosität moderner Commentation doch nur einen bescheidenen Raum derselben für sich beansprucht. Jedoch ist deswegen nicht anzunehmen, daß Horaz alle ihm zu Gebote stehenden litterarischen Nachlässe auch nur der Griechischen Dichter mit peinlicher Industrie oder durchweg gleichmäßiger Sorgfalt durchlesen habe, vielmehr neigte sich sein Charakter zu sehr zum Grundsatze multum, non multa, zu sehr trieb ihn jener Grundzug seines Wesens, der Eklektizismus, zur Bevorzugung jedesmaliger Lieblingsschriftsteller, zu wenig jagte er nach tiefer glänzender Gelehrsamkeit, als daß er nicht in den anerkannten Größen der Griechischen Litteratur Befriedigung gründlichen Fleißes und Nahrung regen Kunsttriebes gefunden, in Betreff der übrigen aber mehr an den Urtheilen und Andeutungen der Alexandriner und den Resultaten der Gelehrsamkeit eines Varro, Valgius, Hyginus u. a. (vgl. Bernh. R. L. p. 237. Anm. 188) sich hätte begnügen lassen. Was endlich im Allgemeinen die Methode der von uns betrachteten Studien betrifft, so geschah sowohl Wahl und Anreihung ihrer jedesmaligen Objecte nach dem Prinzip der Mustergültigkeit für die einzelnen Gattungen der Römischen Composition, als auch richtete sich Lesung und Nutzung der Griechen nach bestimmten, wenn auch nach Stimmung, Intention und Bedarf des Studirenden wechselnden Gesichtspunkten. Wie alle Genossen der neuen Dichtkunst (man sehe den schlagenden Beweis Sat. I, 10, 40—45)

---

1) Jede größere private sowie alle öffentlichen Büchersammlungen zerfallen in eine bibliotheca Graeca und bibl. Latina. (Vgl. Bernh. R. Littg. p. 64. Anmerk. 47.). Specielle Verluste für uns deutet unter andern an Suet. Tib. 70.: Fecit et Graeca poemata imitatus Euphorionem et Rhianum et Parthenium, quibus poetis admodum delectatus scripta eorum et imagines publicis bibliothecis inter veteres et praecipuos auctores dedicavit: et ob hoc plerique eruditorum certatim ad eum multa de his ediderunt.

dichtete Horaz nicht in's Blaue hinein noch auf desultorische Weise, sondern wählte gewisse Gattungen der Poesie, die seinem Talente, ja seiner zeitweiligen Denkart und Gemüths= stimmung am meisten zusagten[1]), arbeitete in und an ihnen, bis eine gewisse Vollendung erreicht oder die Neigung dazu durch neue Pläne oder veränderte Lebensansichten erschöpft — war, und suchte Anregung wie Anleitung für sie in einem passend sich ändernden Mittel= punkte seiner Griechischen Studien. Diesen Mittelpunkt bildeten für die Satirencomposi= tion die Komiker der Griechen, für die Epoden Archilochus, für die Oden der Cyklus der Lyriker, für die Episteln die Griechische Philosophie. Was immer aber Vorlage seiner Studien war, das las er wiederholt (relegere) und genau (versare), bald sich begeisternd an der Großartigkeit, Fülle und Lieblichkeit des Inhalts, bald sich belehrend an Dispo= sition und Durchführung, Fassung der Gedanken, Kunst des Versbaues, Wahl und Schmuck der Worte[2]).

Das Homerische und Hesiodeische Studium.

2. Wir beginnen die genauere Erörterung mit den Horazischen **Studien des Homer,** nicht sowohl weil er der erste Griechische Dichter war, den Horaz kennen lernte, als weil er das Fundament und gleichsam der rothe Faden seines ganzen Verkehr's mit den Grie= chen ist. Wichtiger als die Nachricht, daß er den ersten wissenschaftlichen Unterricht an und in den Gedichten des Homer erhalten habe[3]), ist sicher der Umstand, daß dies unter dem Einflusse und nach der Methode eines Lehrers wie Orbilius geschah. Bei dem tiefen, bis in's Mannesalter sich erhaltenden und nur im Scherze dem Stocke allein zugeschrie= benen Eindrucke, den diese Persönlichkeit auf den Knaben machte[4]), mußte die Lehrweise dieses Mannes ein eigenthümliches Medium bei Anknüpfung der Bekanntschaft mit den Griechen werden. Da aus der Schilderung Sueton's Gramm. 9. sich unverkennbar ergiebt, daß mehr als Gelehrsamkeit den Orbilius ein durch reiche Lebenserfahrungen geschärfter prakti= scher Blick auszeichnete, so mochte, als er nach langer Unterbrechung die von Kindheit an gründ= lich betriebenen Studien wiederaufnahm und lange Zeit in seiner Heimath lehrte und dann die

---

1) Man sehe die Aufzählung der Horazischen Gedichtgattungen Epist. II, 2, 59 sq.

2) Den ersteren Gesichtspunkt heben hervor Stellen wie Od. IV, 13, 24—32, Od. IV, 2, 5—27, Od. IV, 9, 5—12, letzteren Epod. XIV, 9 sq., Epist. I, 19, 28 sq., beide vereinigt zeigen Od. I, 17 18—20, Od. I, 32, 5—12.

3) Richtig bemerkt Schmid zu Epist. II, 2, 41 sq.: „Unter dem den Griechen so verderblichen Zorne des Achilles, womit die Iliade beginnt und welcher den Hauptinhalt des Gedichts ausmacht, werden überhaupt die homerischen Schriften verstanden."

4) Nicht unwahrscheinlich behauptet Weichert de Laevio Poeta p. 9 und 17, daß dem Horaz in Dar= stellungen wie Epist I, 18, 12 sq. und Ep. I, 20, 17 sq. das Bild des alten gestrengen Orbilius vorgeschwebt habe, dessen Verdienst und Würde gegen so manche abgeschmackte Tradition u. a. Lange (Vermischte Schriften und Reden IX.) in Schutz genommen hat.

1*

Schulmeisterei in Rom fortsetzte, nicht sowohl eine greisenhafte Vorliebe für Veraltetes [1]), als vielmehr eine Ahnung der zu Cicero's Zeit schon gesteigerten Verbindung der Lateinischen mit der Griechischen Poesie ihn bestimmen, seinen Schülern als Mittel des bessern Verständnisses der Griechischen Texte die Lateinische Odyssee des Livius Andronikus vorzulegen [2]). Diese gräßliche Versäuerung des Griechischen Dichterkönigs, durch das grausame dictare gleichsam tropfenweise zukosten gegeben, hätte freilich seinem geistvollen Schüler Horaz beinahe die ganze Dichtkunst verleidet, hatte aber doch das Gute, diesen schon als Kind nicht nur mit einem deutlichen unauslöschlichen Bewußtsein von der Erbärmlichkeit und Fehlerhaftigkeit der heimischen Poesie zu erfüllen, sondern auch zu einem eifrigen und genauen Studium, sowie zu einem vielseitigen Genusse des Griechischen Dichtwerkes anzuleiten [3]). Mußte er doch wieder freier athmen, unmittelbar den ungeheuern Abstand des Griechischen Originals von der Lateinischen Verdollmetschung fühlen und mit um so größerer Verehrung und Liebe für erstere erfüllt werden, als er endlich an den Dictaten nicht mehr die wunderlichsten Abgeschmacktheiten und mundsperrende Worte, sondern die köstlichsten Gedanken und einen von selbst fließenden Rhythmus wiederzugeben hatte [4]). Mochte er daher zunächst auch noch geplagt werden durch mechanisches Auswendiglernen, mochte überhaupt Behandlung und Erklärung des Homer von Seiten seines Lehrers nicht eben geistreich sein, immer sah er dadurch seine sichere Kenntniß der herrlichen Dichtungen wachsen, ihr reizender Inhalt spannte seine Aufmerksamkeit, erwärmte und begeisterte sein Gemüth, ihr hörfälliger Rhythmus schärfte

---

1) Dieses Motiv sucht Schmid durch Anführung von Auson. Profess. 22, 1—3 ihm nachzuweisen. Auch Orelli sagt: Orb. fortasse solus fuit, qui propter nimiam antiquitatis admirationem pueris explicaret Livium illum, qui inter Latinos artificialem poesin, a Graecae imitatione profectam, primus excoluit.

2) Die gänzlich unglückliche Conjektur Bentley's, daß in Hor. Epist. II, 1, 69 sqq.: Non equidem insector delendaque carmina Livi esse reor, memini quae plagosum mihi parvo Orbilium dictare statt Livi zu lesen sei Laevi, hat Weichert Poëtt. Lat. p. 19 zu schlagend widerlegt, als daß hier irgend ein Zweifel noch obwalten könnte. Nur scheint mir zu sicher, daß an die Schauspiele des Livius als Schulbuch des Orbilius nicht zu denken sei, wenn auch Orelli bemerkt: Utrum Livii Odysseam Latinam exposuerit, an tragoedias et comoedias, nos ignoramus; illa sane, quam nolim tamen cum philologo quodam nominare librum scholasticum, Orbilio videri poterat utilis ad Graecam facilius intelligendam.

3) In den Worten Epist. II, 1, 73 sq schimmert nicht undeutlich das Verfahren des alten litteratus, nicht litterator (vgl. Bernh. a. a. O. Anmerk. 26) Orbilius hervor, der bei jedem gelungenen Ausdrucke, bei jedem irgend glatten Verse in einer emphatischen Lobrede auf den Livius sicher auch das Verhältniß desselben zu seinem Muster und des letzteren ursprüngliche Schönheit berührte, da bei seinem Unterrichte an ein bloßes Lesenlernen nicht zu denken ist. Welchen Eindruck aber dies auf einen Geist wie Horaz auch schon als Knabe machte, dafür zeugen eben die noch spät geschriebenen Zeilen.

4) Jugenderinnerungen aus dieser Zeit diktirten später die herrliche Lobrede des pädagogischen Einflusses der Dichter Epist. II, 1, 125—131.

schon früh sein Ohr für geschmackvolle dichterische Form. So entwickelte sich gemüthlicher Genuß als Charakter seiner ersten Lesung, seines jugendlichen Studium's des Homer, die höchstens das Verlangen einer bessern und würdigern Uebertragung desselben, als vorgelegt worden war, in ihm hervorrufen mochte. Später aber, als die erwachende Erkenntniß seines poetischen Talents nicht nur die Erfüllung dieses Wunsches ihm näher rückte, sondern auch zu Griechischen Versuchen in Homerischer Manier ihn antrieb[1]), sah er bald ein, wie einerseits er zu höherer Thätigkeit als der eines bloßen Uebersetzers berufen sei, andererseits, wie er auf epischem Felde zu glänzen verzichten[2]) und den Homer daher von einem andern Gesichtspunkte als den eines maßgebenden Musters betrachten müsse. Wenn daher auch von dieser Zeit an unter dem Einflusse der Alexandriner für ihn das gelehrte Studium des Homer begann, so war dieses doch sicher ein ganz anderes, als z. B. das des Virgil, der als berufener Epiker den Homer geradezu als ein solches Muster betrachtete. Während dieser nämlich Wesen und Gestaltung des Mythos, des wahren Grund und Bodens aller epischen Darstellung, die gemächliche Kunst der Erzählung, den Reichthum der Darstellungsmittel in rhapsodischen Abschnitten, Episodien und Gleichnissen, den Haushalt epischer Phraseologie, sowie Kraft und Beweglichkeit des epischen Versmaßes zu Hauptgesichtspunkten seines Studiums machte, sehen wir den Horaz durchweg in theoretischer Summirung über Tugenden und Verdienste des Homer urtheilen, von seiner litterarhistorischen Bedeutung sprechen und seine dichterische Fähigkeit und Leistung charakterisiren. So nennt er ihn kurzweg magnum (Sat. I, 10, 52), insignem (A. P. 401), priores sedes tenentem (Od. IV, 9, 5), bezeichnet ihn als Begründer des Epos (A. P. 73 sq.), spielt an auf die Tüchtigkeit seiner ethischen Zeichnung (A. P. 120—122) und skizzirt in der herrlichen Stelle A. P. 140—152. seine einfach-natürliche und doch so kunstreiche Oekonomie, das Feuer seiner Darstellung, die Klugheit seiner Ausführung, die Lieblichkeit und sinnliche Wahrheit seiner Gebilde: alles dies in einer Art und Weise, daß man erkennt, es seien das nicht Resultate tiefer wissenschaftlicher Forschung, sondern Bemerkungen und Urtheile eines feingebildeten geistesgewandten Weltmannes. Ebenso ging er auf die damals sehr Mode gewordenen Zetesen einer gewissen Klasse von Leuten ein[3]), die, um

---

1) Auf das Risiko hin, eine Strafpredigt mir zuzuziehen wie die Röbers zu Sat. I, 9 in.: „Oleum et operam perdidisse videntur interpretes scrutati, quale fuerit nugarum genus, in quo tunc Horatius ambulans defixus esset," ziehe ich aus der ganzen damaligen Bildung des Dichters, wie aus seiner Zusammenstellung mit dem unglücklichen Epiker Bibaculus den Schluß, daß die Graeci versiculi (Sat. I, 10, 31—35) hauptsächlich hexametrische Brosamen von des Homeros Tische waren.

2) Diese Erfahrung spricht er nicht nur deutlich in der oben angeführten Stelle v. 37—39 aus, sondern wiederholt bei Gelegenheit der Zurückweisung von Aufforderungen zu episch-panegyrischen Leistungen, wie Od. I, 6, 5 sqq. Epist. II, 1, 245—259.

3) Das fein ironische doctus in Sat. I, 10, 52 stimmt zu genau mit der eiteln Titelsucht des Schwätzers in Sat. I, 9: Noris nos, docti sumus überein, als daß wir an beiden Stellen nicht die Clerisei und Zunft der Grammatiker und ihres Anhanges erkennen sollten.

sich ein hochgelehrtes Ansehen zu geben, mit Begierde Andeutungen der Alexandrinischen Grammatiker über Fehler in der Homerischen Darstellung aufgriffen, mit wahrer Wuth sie verfolgten und erweiterten oder wohl gar Ballhorniaden versuchten. Weit entfernt, im Ernst mit diesen Narren an gleichem Seile zu ziehen, begnügt er sich mit kostbarer Ironie die ganze Schaar dieser Pygmäen dem Einen Riesen zur Seite zu stellen in der Frage: **Tu nihil in magno doctus reprendis Homero**[1])? oder eine scherzhafte Entrüstung zu äußern, **quandoque bonus dormitat Homerus**, mit Hinzufügung der gutmüthigen Auskunft, **verum operi longo fas est obrepere somnum**[2]). Ihm wurden solcherlei Studien vielmehr Anlaß zu ebenso unschuldigen als feinen und launigen Travestien, wie Sat. I, 5, 51—53; 7, 10—18; II, 3, 71—73; 188—196 und die unvergleichliche nach Art der Sillen des Timon von Phlius gearbeitete fünfte Satire des Zweiten Buches, ja selbst in den Ernst der Moral von Epist. I, 2 spielt sich so eine schalkhaft-malitiöse Copie des guten Homer[3]). Glaube man darum aber nicht, Horaz habe seine Kenntniß des Homer nur zu leichten Scherzen verwandt; er studirte ihn auch aus dem Gesichtspunkte, den Ovid so trefflich andeutet Am. III, 9, 25 sq.: Adiice Maeoniden, a quo ceu fonte perenni Vatum Pieriis ora rigantur aquis. Ja auch er wurde befruchtet von der allnährenden Kraft des Homerischen Genius, nur daß er in keinem Fall hierbei einem durstig einsaugenden Boden, sondern durchweg einem mit Mäßigkeit und Geschmack Genießenden glich. Denn was zuerst **die Nutzung des Homerischen Stoffes** betrifft, so wurde dieselbe bei Horaz geregelt und beschränkt durch das bestimmteste Bewußtsein von Natur und Aufgabe des lyrischen Gedichts gegenüber dem Epos. Klar durchschauend, wie das Epos behufs seines Haupt- und Endzieles, der Ueberzeugung, auch den umfangreichsten Stoff bis in seine kleinsten Theile verfolgen und durch gemächliche Schilderung entfalten und erhellen dürfe, wie dagegen die Lyrik, nur auf Rührung abzweckend, die möglichst gedrun-

---

1) Sat. I, 10, 60.

2) A. P. 359 sq.

3) Mit Recht bemerkt Wieland zu Sat. I, 7, 10 sqq.: „H. zeigt an diesem Pröbchen, daß er ein feines Talent die Iliade zu travestiren gehabt hätte;" denn die komische Zusammenstellung eines Hektor und Achill mit einem Kämpferpaare wie Rupilius und Persius wird in ihrem Effect noch gesteigert durch die Feigheitserklärung des armen Glaukus, alles auf Kosten des Vater Homer. So wird in Sat. II, 3, 71 der ehrwürdige Proteus zum Bilde eines ränkevollen verstockten Schuldners, das Gespräch des Agamemnon und gregarius charakterisirt mit einem Schlage in dem kategorischen „Rex sum" die Naivität des Homerischen Königthums, während in Sat. II, 5 die Erfüllung der ächt homerischen Figuren eines Teresias und Ulixes mit allen Ränken und Schurkereien der Zeitgenossen dem Horaz einen unerschöpflichen Schatz an drolligen Situationen und Expectorationen giebt, und der feine Tadel einer etwas zu materiellen Zeichnung mehrerer seiner Hauptfiguren v. 79 sq.: Venit enim magnum donandi parca inventus, nec tantum veneris, quantum studiosa culinae noch in Epist. I, 2, 28—31 hindurchleuchtet. Hierher gehört auch die scherzhafte Aeußerung Epist. I, 19, 4: Laudibus arguitur vini vinosus Homerus.

genften und abgerundeten Argumente in intenfivster Conzentrirung und gleichsam nur durch blühende Schlag = und Streiflichter darzustellen habe, erkannte er sogleich, welche großen Vortheile die allseitige und weitverbreitete Bekanntheit der Homerischen Gedichte dem Lyriker gewährte, und wenn er auch in frühen Productionen wie Od. I, 15. und 6. mit verschwenderischer Hand das Homerische Gut verstreute, so charakterisirt doch im Allgemeinen die Nutzung dieser Vortheile eine weise und bescheidene Sparsamkeit. Zunächst fällt eine ziemliche Fülle göttlicher und dämonischer Gestalten in die Augen, die, mit wenigen kühnen und hervorstechenden Zügen dem Homer nachgezeichnet, wie glänzende Lichtpunkte seine Gedichte erleuchten und beleben. Da erscheint Zeus, der πατήρ ἀνδρῶν τε θεῶν τε Od. I, 12, 14 (vgl. Od. III, 4, 45), der ὕπατος μήστωρ ib. v. 15 sq. und ὕπατος κρειόντων ib. v. 17 (vgl. Epod. XVI, 56), das unsterbliche Haupt schüttelnd Od. III, 1, 8, mit der Fortuna zur Seite Od. I, 34, 15, Glück und Reichthum spendend Od. I, 28, 29 und 31, 13., Auserwählte wie Minos Od. I, 28, 9 und Herkules Od. IV. 8, 31 in seine unmittelbare Nähe ziehend; Juno, als Gattin und Schwester des Zeus Od. III, 3, 64. als πότνια Ἥρη Od. III, 4, 59., mit der Minerva Schutzgöttin des Agamemnon Od. III, 3, 23.; Pallas, bald in kriegerischer Rüstung mit κυνέη und αἰγίς Od. I, 15, 11 und III, 4, 57, bald als friedliche ἐργάνη Od. III, 12, 5.; Vulkan als λιλαιόμενος πολέμοιο Od. III, 4, 3.; Mars als χαλκεοθώρηξ Od. I, 6, 13, ἄτος πολέμοιο Od. I, 2, 37, μιαίφονος Od. II, 14, 13., Γόργους ὄμματ' ἔχων und mit den Furien als Gefolge Od. I, 28, 17.; Apollo als χρυσο — oder ἀργυρότοξος C. S. 61. ἐκηβόλος Od. I, 12, 23, κλυτότοξος Od. I, 21, 11, νεφέλη εἰλυμένος ὤμους Od. I, 2, 31.; Diana, seine Schwester, als ἁγνή Od. III, 4, 70, χελαδεινή Od III, 28, 12 ; Merkur als θεῶν διάκτορος, δόλιος, ἐριούνιος, ψυχοπομπός Od. I, 10, den Priamus durch's feindliche Lager geleitend ib. v. 13, sowie seine Anhänger in der Schlacht rettend Od. II, 7, 13.; endlich die freundlichen Gestalten der Venus φιλομμειδής Od. I, 2, 33 und der Μοῦσαι 'Ολυμπιάδες Od. III, 4, 1—3, alle vereinigt im heiteren, unvergänglichen, glanzvollen Olymp Od. III, 3, 33—36, mit der leuchtenden und strahlenden Götterburg Od. II, 12, 8. Gegenüber die οἰκία σμερδαλέα, εὐρώεντα, τάτε στυγέουσι θεοί περ Od I, 34, 10 [1]). (vgl. Od II, 13, 21 und III, 4, 46) des Orkus ἀμείλιχος, νηλείης Od II, 3, 24 δυςπειθής Od. I, 24, 17, ἀδάκρυτος Od. II. 14, 4 und der Proserpina ἐπαινή Od. I, 28, 20, wie der Homerische Hades bevölkert mit den εἰδώλοις καμόντων Od. I, 24, 15.;

---

1) Die lange und gekünstelte Erklärung der horrida sedes invisi Taenari, die Lessing Schriften Thl. IV, S. 36 Ausg. v. Lachm. fg. giebt, wird annullirt durch die Thatsache, daß Horaz die ganze Situation v. 9—12 aus Homer Il. β´, 781—783 entlehnte, indem er für den Typhoeus den Taenarus (auch ein zu Rom nicht allzubekannter Fels konnte personificirt werden) substituirte und dessen εὐναί nach Il. ι´, 65 ausmalte. Ebenso wurden die zu Rom noch unbekannteren Ἄριμοι zu den Euripideischen τέρμονες 'Ατλαντικοί.

mit dem Orion ϑῆρας ὁμοῦ εἱλεῦντι Od. II, 13, 39, dem Tityos ἐπ' ἐννέα κειμένῳ πέλεϑρα Od. II, 14, 7, dem Sisyphus κρατέρ' ἄλγε' ἔχοντι Od. II, 14, 20 λᾶαν ἄνω ὠϑέοντι ποτὶ λόφον Epod. XVII, 68, dem Tantalus χαλέπ' ἄλγε' ἔχοντι Od. II, 13, 37 egenti benignae semper dapis Epod. XVII, 66. Wie aber Zeus die Fortuna, so hat der Orkus die Necessitas als Μοῖρ' ὀλοή, κρατερή Ἀνάγκη zur Dienerin Od. III, 24, 5 sqq. vgl. Od. I, 35, 17. Daran schließen sich die Phantasiegestalten der Ὄνειροι, οἳ ἐλϑόντες διὰ πριστοῦ ἐλέφαντος, ἐλεφαίρονται, ἔπε' ἀκράαντα φέροντες Od. III, 27, 41, der Zauberin Circe Epod XVII, 15—18., des Aeolus als ταμίου ἀνέμων Od. I, 3, 3 sq. Auch eine große Schaar von Heldengestalten tritt in Homerischem Gewande auf, vor allen Achilles ὁ κλυτός Od. II, 16, 29. ἀγανός A. P. 120. ϑυμολέων Od. I, 6, 6 mit dem πατρῷον ἔγχος, der furchtbaren Πηλιὰς μελίη Od. IV, 6, 8, ὃν κίχε ὠκα τέλος ϑανάτοιο Od II, 16, 29. ὃν ἐσϑλὸν ἐόντα ἄριστον Ἀχαιῶν ὤλεσε Φοῖβος Ἀπόλλων Od. IV., 6, 4; Αἴαξ, ἀνδρῶν μέγ' ἄριστος, ὄφρ' Ἀχιλλεὺς μήνιεν· ὁ γὰρ πολυφέρτατος ἦεν Sat. II, 3, 193, auf der Heimkehr von der beleidigten Pallas bestraft Epod. X, 13, sq. mit seinem Bruder, dem Αἴας ταχύς Od. I, 15, 18 ὃς ἄριστος Ἀχαιῶν τοξοσύνῃ Od. IV, 9, 17.; der Tydide, ὃς πατρὸς μέγ' ἀμείνων εὔχεται εἶναι Od. I, 15, 28 ὃς λίην μαίνεται ἄγριος αἰχμητής ib. v. 27 mit Sthenelus, seinem Wagenlenker, εὖ εἰδότι μάχης Od. I, 15, 24 (vgl. Od. IV, 9, 20); Nestor, ᾧ ἤδη δύο μὲν γενεαὶ μερόπων ἀνϑρώπων ἐφϑίατο, μετὰ δὲ τριτάτοισιν ἄνασσεν Od. II, 9, 13.; Idomeneus πελώριος Od. IV, 9, 19 und Meriones, der kämpfend κονίης μεγάλην ἵστησιν ὀμίχλην Od. I, 6, 14; ferner Hektor ἀνδροφόνος Epod. XVII, 12 ϑρασύς, ὃς πόλιν ῥύσκετο, ἔχε δ' ἀλόχους κεδνὰς καὶ νήπια τέκνα Od. IV, 9, 21, dem Achill gedroht: Ἕκτορα δ' οὔτι δώσω Πριαμίδην πυρὶ δαπτέμεν, ἀλλὰ κύνεσσιν Epod. XVII, 11, nach dessen Tode sich die Weissagung des Priamus erfüllt: ῥηίτεροι γὰρ μᾶλλον Ἀχαιοῖσιν δὴ ἔσεσϑε, κείνου τεϑνηῶτος, ἐναιρέμεν Od. II, 4, 10; neben ihm die Figur des Paris: ὃς Ἑλένην Λακεδαίμονος ἐξ ἐρατεινῆς ἔπλεεν ἁρπάξας ἐν ποιτοπόροισι νέεσσιν Od. I, 15, 1 sq. ᾧ οὐκ ἄν χραίσμῃ κίϑαρις τά τε δῶρ' Ἀφροδίτης, ἥ τε κόμη τό τε εἶδος, ὅτ' ἐν κονίῃσι μιγείη ib. v. 13—15 ὃν Ἀφροδίτη ἐκάλυψε ἠέρι πολλῇ κὰδ δ' εἷσ' ἐν ϑαλάμῳ εὐώδεῖ κηώεντι ib. v. 16, der seinem Volke ein Αἰνόπαρις, Δύσπαρις ist Od. III, 3, 19, durch den erfüllt wird die Weissagung Ἔσσεται ἦμαρ, ὅτ' ἄν ποτ' ὀλώλῃ Ἴλιος ἱρὴ καὶ Πρίαμος καὶ λαὸς ἐϋμμελίω Πριάμοιο Od. I, 15, 33—36. Neben diesen kriegerischen die friedlichen Gestalten des Ulixes ποικιλομήτης Od. I, 6, 7, πολύτλας Epist I, 7, 40 nebst der Penelope ἀνίουσα πολὺν χρόνον υἷας Ἀχαιῶν Od. III, 10, 11; ferner Nireus ὃς κάλλιστος ἀνὴρ ὑπὸ Ἴλιον ἦλϑε Od. III, 20, 15 (vgl. Epod. XIV, 22) und Ganymedes ξανϑὸς Od. IV, 4, 4 ὃν καὶ ἀνηρείψαντο ϑεοὶ Διὶ οἰνοχοεύειν κάλλεος εἵνεκα οἷο, ἵν' ἀϑανάτοισι μετείη Od. III, 20, 16.

Die Bemerkung, die sich beim Ueberblick dieses Tableau's Homerischer Figuren unmittelbar aufdrängt, daß nämlich Horaz fern von jeder sentimentalen Auffassung rein objectiv dem Homer nachzeichnete[1]), bestätigt sich auch in den weiteren stofflichen Entlehnungen. Aeußerst sparsam und nüchtern erscheint der Gebrauch Homerischer Bilder; denn außer den mit wenigen markirten Homerischen Zügen entworfenen Gemälden Od. I, 15, 29—31; I, 37, 17 sq.; I, 23, 9; III, 2, 10—12; IV, 4, 11—16; IV, 6, 9—12; IV, 14, 25—28; Epod. I, 19—22 Epod. XII, 25 sq. und der kurz hingeworfenen Anspielung auf den Vergleich ἀλίγκιος ἀστέρι καλῷ Od. III, 9, 21 (specialisirt in Od. I, 19, 26.) dürfte nicht leicht eine weitere Spur dieses Gebrauches sich finden. Auch sonst scheint er nur in bestimmten Partieen der Darstellung sich mit Vorliebe an Homer anzulehnen, so in Meeresschilderungen wie Od. I, 1, 15; II, 7, 15 sq.; II, 14, 14; III, 27, 23 nebst der eines Bergstromes Od. III, 29, 36—40, Jagdscenen wie Od. III, 12, 11 sq. und die minder glückliche Zeichnung Od. III, 20, 5—10, Bilder aus dem Kriegsleben wie Od. III, 2, 6 sq.; v. 15; III, 3, 68; IV, 6, 18—20 und IV, 14, 31. — Noch entnahm er entschieden aus Homer die Charakterisirung der Lyra Od. I, 32, 14 und III, 11, 6.

Was die formale Betrachtung und Nutzung des Homer von Seiten des Horaz anlangt, so trägt diese im Allgemeinen denselben Charakter der Enthaltsamkeit und Gewähltheit. Außer einigen prägnanten Formeln und Wendungen, wie in Od. I, 7, 30 die Anrede: O fortes peioraque passi geformt nach Odyss μ, 208—210, in Od. I, 13, 17 sq. die Steigerung felices ter et amplius, quos cet. nach Odyss. ζ, 154 sqq : τρισμάκαρες — — τρισμάκαρες — — κεῖνος δ᾽ αὖ μακάρτατος ἔξοχον ἄλλων, ὃς κτλ., Epod XIII, 12 die Antithese mortalis dea nate puer wie Odyss. ω, 36 θεοῖς ἐπιείκελ᾽ Ἀχιλλεῦ, ὃς θάνες oder noch deutlicher Il. φ, 109 sq.: θεὰ δέ με γείνατο μήτηρ, ἀλλ᾽ ἔπι τοι καὶ ἐμοὶ θάνατος καὶ μοῖρα κραταιή, Od. I, 28, 7 sq. das pathetische Occidit et Pelopis genitor — et Minos nach Il. φ, 106 sq. Ἀλλὰ φίλος, θάνε καὶ σύ... κάτθανε καὶ Πάτροκλος — — ἀλλ᾽ ἔπι τοι καὶ ἐμοί... ὁππότε τις καὶ ἐμοῖο κτλ., Od. I, 24, 5 das emphatische Ergo nach Odyss. ε, 204: οὕτω δὴ κτλ., endlich die Gebetformeln des eingeschobenen potes nam Epod. XVII, 45 und Od. III, 11, 1 wie δύνασαι γὰρ in Odyss ε, 25 und Sat. II, 6, 6 sqq. das naive si — — si — — si — — hac prece te oro nach Il. α, 39 sqq. εἴ ποτε — — ἤ εἰ δή ποτε — — τόδε μοι κρήηνον ἐέλδωρ und das scherzhafte nunc mihi paucis, Musa, velim memores (τῶν ἀμόθεν γε, θεά, εἰπὲ καὶ ἡμῖν) S. I, 5, 51; ferner außer mehreren signifikanten Ausdrücken, wie secet mare (τέμνειν πέλαγος) Od. I, 1, 14; gravem Pelidae stomachum (Μῆνιν Πηληϊάδεω οὐλομένην) Od. I, 6, 51; puer (παῖς im Sinne von υἱός) Od. I, 12, 25 vgl. Od. I, 30, 5; 32, 10; IV, 6, 37; cura fatis data (εἱμαρμένη) Od. I, 12, 51; bile tumet iecur (οἰδάνεται

---

[1] Ganz anders erscheint ihm z. B. ein Hector, als diese Persönlichkeit von Neueren wie Schiller aufgefaßt wurde.

κραδίη χόλφ) Od. I, 13, 4; irrupta copula (δεσμὸς ἄῤῥηκτος) ib. v. 18, traheret (ἕλκειν vom Weiberraub) Od. I, 15, 1; strepitus (κυδοιμός, ὅμαδος, φλοῖσβος) ib. v. 18; adulteros crines (Uebertragung wie θαλερὸν γάμον) ib. v. 19; Achaicus (Ἀχαιός im Sinne von Graecus) ib. 35; compesce mentem (ἴσχε θυμόν) Od. I, 16, 22; nutrix leonum (μήτηρ θηρῶν) Od. I, 22, 16; desiderio tam cari capitis (τοίην γὰρ κεφαλὴν ποθέω) Od. I, 24, 1; in aedem (εἰς οἶκον für θάλαμον, ὑπερῷον) Od. I, 30, 4; sic temere (μάψ οὕτω) Od. II, 11, 14; vidimus (ὁρῶ in den Visionen der νεκυῖα) II, 13, 23; quicunque terrae munere vescimur (οἳ ἀρούρης καρπὸν ἔδουσι) II, 14, 10; purpuras trahere (ἠλάκατα στρωφῶν ἁλιπόρφυρα) II, 18, 8; mens trepidat (τρομέουσι φρένες) II, 19, 5; Rhodanique potor (πίνοντες ὕδωρ μέλαν Αἰσήποιο) II, 20, 20; sepulcri honores (ἔνθα ἑ ταρχύσουσι .. τύμβῳ τε στήλῃ τε· τὸ γὰρ γέρας ἐστὶ θανόντων) ib. v. 24; rudis agminum (ἀδαήμων μάχης) Od. III, 2, 9; ludo fatigatumque somno (καμάτῳ ἀδηκὼς ober ἀρημένος ἠδὲ καὶ ὕπνῳ) III, 4, 11; non sine dis (οὐ θεῶν ἄτερ) ib. 20; mortales turbae (φῦλ᾿ ἀνθρώπων) ib. v. 47; domitus sagitta (δαμεὶς ὀϊστῷ) ib. v. 72; vertente anno (περιπλομένου ἐνιαυτοῦ) III, 8, 9 vgl. Sat. I, 1, 36; late tyrannus (εὐρυκρείων) III, 17, 9; omnis (πᾶς im Sinne von gänzlich) III, 30, 6; procidit late (πρόσθ᾿ ἵππων κεῖτο τανυσθείς) Od. IV, 6, 11 vgl. Epod. XVII, 13; invidere (φθονεῖν) Sat. I, 2, 100; magnum spectaculum uterque (μέγα θαῦμα ἰδέσθαι) Sat I, 7, 21; putescit (πύθεται) Sat. II, 3, 194 — außer dem allen zeigt sich noch eine Vorliebe für Home-rische Epitheta theils wegen ihrer alterthümlichen Einfachheit, wie ruber sanguis (entsprechend dem λευκὸν γάλα) Od. III, 13, 7; mali fures (κακοί) Sat. I, 1, 77; theils wegen ihrer Natürlichkeit, wie procella velox (κραιπνὴ θύελλα) Od. III, 27, 63; candidus ventus (ἀργεστής) Od. III, 7, 1; protervus ventus (λάβρος ἐπαιγίζων) Epod. XVI, 22; salsa aequora (ἅλμυρον ὕδωρ) Epod. XVI, 34; aequor nigrum, mare atrum (ἅλς πορφυρέη, πορφύρεον κῦμα) Od. III, 27, 23 vgl. Sat. II, 2, 16; scatens beluis pontus (πόντος κητώεις, μεγακήτης) Od. III, 27, 26; gemens Bosporus (στένων) Od. II, 20, 14; fugaces lynces (ὠκεῖαι) Od. IV, 6, 33; rava lupa (πολιὸς λύκος) Od. III, 27, 3; raui leones (χαροποὶ λέοντες) Epod. XVI, 33; gravis hasta (ἔγχος βριθύ) Od. I, 15, 16; aquosa Ida (πιδήεσσα, πολυπῖδαξ) Od. III, 20, 16; centum potens oppidis Creta (Κρήτη ἑκατόμπολις) Od. III, 27, 34; alta Troia, alta urbs (αἰπὺ πτολίεθρον) Od. IV, 6, 3 vgl. Od. I, 16, 18; theils wegen ihres Nachdruckes, wie bellum lacrimosum (πόλεμος δακρυόεις) Od. I, 21, 13; misera fames (λιμὸς οἴκτιστος) ib. v. 14; sacrum Ilium (Ἴλιος ἱρή) Od. III, 19, 4 vgl. Od. I, 28, 29, pudicae coniuges (αἰδοῖαι ἄλοχοι) Od. III, 5, 41 vgl. Od. IV, 9, 23; dulcis domus (φίλος οἶκος) Od. IV, 5, 10; dulcis reditus (νόστος μελιηδής) Epod. XVI, 35; dulces modi (ἡδεῖα ἀοιδή) Od. III, 9. 10; divini vates (θεῖοι ἀοιδοί) A. P. 400.

Den Charakter eines geistreichen, aber momentanen Einfalles trägt entschieden eine dritte Art der Lesung des Homer aus philosophischen Gesichtspunkten, deren liebliche und bedeutſame, jedoch vereinzelte Frucht die zweite Epiſtel des erſten Buches war, wie er dies ſelbſt andeutet in den Anfangsworten v. 1—5.

Einen ſehr geringen Einfluß auf ſeine Productionen hatten auch die **Studien des Heſiod**, deren Spuren ſichtlich nur hervortreten in der frühen Schilderung der ſeligen Inſeln Epod. XVI, 42 sqq. und andeutungsweiſe in der παραίνεσις ἐπὶ διδασκαλίᾳ τῇ Ἀχιλλέως Epod. XIII, 11 sqq. [1]). Sonſt dürften Stellen wie Od. 1, 34, 33: insignem attenuat deus obscura promens (nach Hes. O. et D. 6: ῥεῖα δ᾽ ἀρίζηλον μινύθει καὶ ἄδηλον ἀέξει), Od. 1, 35, 21: Fides albo velata panno (Hes. O. et D. 200: λευκοῖσιν φαρέεσσι καλυψαμένω χρόα καλόν, Αἰδὼς καὶ Νέμεσις), Od. II, 17, 16 (Sammlung Heſiodeiſcher Figuren der Χίμαιρα πῦρ πνέουσα, des Γύης ἑκατόγχειρ, der Δίκη als ἀδελφὴ καὶ πάρεδρος Μοιρῶν), Od. IV, 5, 23: laudantur simili prole puerperae (Orelli: iam Hesiodus Od. et D. 232 in ceteris hominum iustorum praemiis hoc quoque enumerat: τίκτουσιν δὲ γυναῖκες ἐοικότα τέκνα γονεῦσιν), Sat. I, 1, 38: formica utitur ante quaesitis sapiens (Hesiod. O. et D. 778: ἴδρις σωρὸν ἀμᾶται) und Epp. I, 10, 17 sol acutus (Hes. O. et D. 410: μένος ὀξέος ἠελίοιο) nur die Geltung von Reminiscenzen haben.

Studium der Alexandriner.

3. Ein ebenſo allgemeines Element und ſo breite Baſis als die Homeriſchen Studien bilden für die Horaziſchen Dichtungen auch die Studien der Alexandriner. Denn erſtlich hatten ſie einen ebenſo propädeutiſchen Charakter, indem ſie wie für die Römiſchen Kunſtdichter überhaupt ſo auch für Horaz Anlaß, Quelle und Richtſchnur aller Kenntniß und Verſtändniß der antiken Griechiſchen Litteratur, ſowie Vermittler und Lehrer bei Hebung und Uebertragung von deren Schätzen auf den Römiſchen Boden wurden [2]), und zweitens war ihr Beginn für Horaz an gleich natürliche Vorausſetzungen geknüpft, da einerſeits die ſeit Cicero's Zeiten mehr und mehr geſteigerte und allgemein verbreitete Neigung zu Alexandriniſcher Erudition unmittelbar für jeden Gebildeten eine Aufforderung zu deren Erwerbung geworden, andererſeits Regel und Beiſpiel ſeiner gelehrten Freunde und Genoſſen zu ernſtlichem methodiſchen Betriebe derſelben führte. Wenn nun ſchon der Horaziſche Grundſatz: Occupet extremum scabies, mihi turpe relinqui est allein hinläng-liche Bürgſchaft iſt, daß er in Umfang und Gründlichkeit dieſer Studien Niemandem nach-geſtanden, ſo muß dem die Spuren derſelben Ueberblickenden und Abſchätzenden auffällig erſcheinen, daß Horaz ähnlich wie auf Homeriſchem Felde auch gegen die Alexandriner eine

---

1) Marckſcheffel Hesiodi Fr. p. 179: „Ad Hesiodeas Chironis ὑποθήκας fortasse Horatius l. l. respexit."

2) Dieſen Zuſammenhang und Einfluß der Alexandriner auf ihre Römiſchen Jünger macht gegen ſo manche bald lobende bald geringſchätzende Uebertreibung der Früheren geltend Bernhardy Röm. Littg. §. 48 nebſt Anm. 191.

gewiſſe Zurückhaltung und Sparſamkeit beobachtet hat. Nicht als ob ein Mangel an offenen und verſteckten Andeutungen des Zuſammenhanges mit letzteren dieſe Bemerkung veranlaſſe (die ziemlich beträchtliche Maſſe der Belege ließe ſich gewiß noch vermehren, wenn unſere Kenntniß der Alexandriniſchen Litteratur nicht ſo gar lückenhaft wäre), ſondern es ſtellt ſich ein Begnügen mit mindeſt entlegenen und leichteſt fließenden Quellen heraus, ein Zurückweichen vor zu großer Vertiefung in die langen und dunkeln Windungen der Alexandriniſchen Gelehrſamkeit, eine durch ſorgfältige Berechnung immer mehr beſchränkte Anlehnung an ihre elegante, aber nur zu oft ſchwülſtige oder geſchraubte Darſtellung und Diction. Dies zeigt ſich ebenſo ſehr in den **Studien der Grammatiker**, als in denen **der Alexandriniſchen Dichter.** So manigfaltig zunächſt die litterariſchen Notizen ſind, die vor allen Horaz aus jenen Grammatikern uns überliefert hat, ſo gewinnt doch die heutige Litteraturhiſtorie aus der ganzen Summe derſelben wenig mehr als einige ziemlich triviale, auch andersher bekannte Thatſachen nebſt mehreren zum Theil ſehr irrthümlichen Traditionen und ungelöſt hingeſtellten Problemen. Schon im vorigen Abſchnitte bemerkten wir, wie und zu welchen Zwecken er auf die ſogenannten λύσεις und ἀπορήματα der ſich mit Homer beſchäftigenden Grammatiker einging, wobei er ſich im Weſentlichen an die Hauptauctorität, den Ariſtarch, halten mochte[1]), deſſen Methode und ſprüchwörtlichen Ruf in der Kritik er A. P. 445—450 ſchildert und von dem ein nach dem Zeugniß des Scholiaſten Porphyrion bei ſolcher Gelegenheit gethanes Dictum Epiſt. II, 1, 257 angeführt wird. Weiterhin lernte er aus Werken wie die Πίνακες des Callimachus, fortgeſetzt und erweitert durch Ariſtophanes und Ariſtarch, mancherlei Details über Beſtand und äußere Geſtaltung der Griechiſchen Litteratur: ſo die Eintheilung der geſammten Poeſie in epiſche, elegiſche, iambiſche Dichtung, Komödie, Tragödie und Lyrik A. P. 73—85, die Aufſchlüſſe über Erfinder und Gründer der einzelnen Gattungen, wie Homer für das Epos A. P. 74, Archilochus für die Jambenpoeſie ibid. v. 79, Theſpis für die Tragödie v. 275, während er in Betreff der Elegie das Schwanken ſeiner Lehrer theilt v. 77 sq.[2]) und für die Lyrik

---

1) Mit Recht macht Orelli zu A. P. 359 gegen Ulrici Griech. Poeſie I. p. 194, wo ein ſubjectives Mißbehagen des Horaz an der Langſamkeit in Entwickelung der Odyſſee behauptet wird, die Abhängigkeit des letzteren von den Urtheilen der Alexandriner geltend; womit zu vergleichen die Bemerkung von Wieland zu A. P. 450: „Wie H. einen ſchlechten Dichter, wenn er ihn recht arg ſchimpfen will, einen Chörilus nennt, ſo iſt ihm Ariſtarch das Ideal eines Kunſtrichters." Noch ſehe man Heindorf zu Sat. I, 10, 52: „doctus bezieht ſich auf ein gelehrtes Studium des Homer nach den Grundſätzen und Bemerkungen der Alexandriniſchen Kritiker, beſonders Ariſtarchs, der in ſeiner διασκευη oder Ueberarbeitung der Hom. Geſänge ſo viele Verſe aus äſthetiſchen Gründen mit dem Obelus bezeichnete.

2) Das offenbare Beſtreben des Horaz an dieſer Stelle, wo nur irgend Sicherheit, einen den Schwarm führenden Namen zu nennen, ſowie auch ſeine ſonſtige Confidenz bei irgend welcher Bürgſchaft (A. P. 275 sq.) macht die Bemerkung Orellis zum naiven Horaziſchen Geſtändniß „Grammatici certant:" Haec cum leni εἰρωνεία in incertas atque inanes grammaticorum Alexandrinorum quaestiones dicta videntur, mindeſtens bedenklich.

gar als deus ex machina die Muse einführt v. 83, ferner die Eintheilung der Tragödien in fünf Acte v. 189 sq., die Unterscheidung gewisser *εἴδη* und *τομαί* der Lyrik v. 83 — 85 coll. Od. IV, 2, 13 — 24, die Vereinigung der vorzüglichsten Lyriker zu Repräsentanten des Melos Od. IV, 9, 6 — 12. coll. Od. I, 1, 35 und IV, 3, 15, endlich die Eintheilung der Komödie in alte, mittlere und neue und die Canonisirung ihrer hauptsächlichsten Vertreter Sat. I, 4, 1 — 4, der die Klassification und Rangordnung der Elegiker Epist. II, 2, 100 sq. entspricht. Ebenso zog er aus den Alexandrinischen Grammatikern manche Ansichten und Hypothesen über die geschichtliche Entwickelung der Griechischen Litteratur, die aber in der Folge sehr oft nur dazu dienten, die glückliche Lösung manches litterarhistorischen Problems zu verzögern und zu erschweren. Dahin gehört die Geschichte der mythischen Poesie A. P. 391 — 401, Geschichte der scenischen Kunst und zwar ihre Entstehung aus den Spielen *ἀφ' ἁμάξης* des Thespis v. 275 — 277, Benennung derselben vom *τράγος* als *ἆθλον* (entsprechend die Etymologie *ἔλεγος* von Ἐ Ἐ *λέγειν* A. P. v. 75. vgl. Bernh. Gr. Littg. T. II. p. 314.) v. 220, Erweiterung der scenischen Mittel durch Aeschylus v. 278 — 280, Entstehung und Oekonomie des Satyrspiels v. 220 — 250[1]), frühe Entwickelung der Komödie, ihr Charakter und ihre allmähliche Umwandlung v. 281 — 284. Aus den von Alexandrinern verfaßten *βίοι* floßen die mancherlei Anekdötchen, die Horaz entweder wirklich bona fide aufnahm oder absichtlich seinen Lesern unverändert auftischte, wie die Geschichte von der Blindheit und wunderbaren Genesung des Stesichorus Epod. XVII, 42 sqq., von Hipponax und Bupalus Epod. VI, 14, von Archilochus und Lykambes Epist. I, 19, 25. 30. und vom armen Dichterling Chörilus Epist. II, 1, 233. A. P. 357[2]). Endlich auch in der Kritik ging er fleißig den Alexandrinern nach: so begründet er Sat. I, 4, 39 — 48 den Zweifel der Alexandrinischen Grammatiker, comoedia necne poema esset, vor allem aber beurtheilt er, angesteckt vom Mißbehagen des Callimachus und Anderer (Epigr. 30, *ἐχθαίρω τὸ ποίημα τὸ κυκλικὸν* vgl. Pollianus in Anth. Pal. II. p. 358: *τοὺς κυκλίους τούτους τοὺς αὐτὰρ ἔπειτα λέγοντας μισῶ κτλ.*) sehr scharf und hart die Gedichte der älteren und neuerer Kyklographen A. P. 136. 146 sq.[3]). Wir sehen, daß fast der Gesammtinhalt der sogenannten Ars Poetica Resultat Alexandrinischer Studien ist, nur dürfte man dies nicht in

---

1) Diese Mährchen imponirten den frühern Litterarhistorikern gewaltig, bis Welcker in der Schrift über das Satyrspiel sie gründlich beseitigte. Vgl. Estré Prosop. Hor. p. 20 — 22.

2) Letzterer ist ein deutliches Beispiel der Gefährlichkeit dieser Horazischen Angaben, da auf seine Veranlassung Chörilus bis auf unsere Zeit als lächerliche Jammergestalt figurirte, bis Naeke in der Schrift Choerilus Samius sich des Iasensis annahm, bes. p. 36. 206 sq. coll. Estré Prosopogr. Hor. p. 18 sq.

3) Obwohl es unsern Zwecken fern liegt, den Streit über A. P. 136. aufzuführen, machen wir doch aufmerksam auf Estré Prosop. Hor p. 11 — 15, der nach Vorgängern wie Heinsius zu Epod. X. 2 und Rheenen, disputat. de Hor. Epist. ad. Pison. v. 136 hier gar keinen Tadel gegen Griechische Gedichte, sondern gegen Lateinische Stümpereien sieht. Nur wäre merkwürdig, diese auch nur des Contrastes wegen mit Homer zusammenzustellen. Daß v. 146 des Antimachus Thebais recensirt werde, bezweifelt Niemand.

der Weife des Scholiasten Porphyrion verstehen: „In hunc librum congessit praecepta Neoptolemi τοῦ Παριανοῦ de arte poetica, non quidem omnia, sed eminentissima." Denn wenn auch diese Notiz, wie Orelli behauptet, von einem der früheften Interpreten wie **Terentius Scaurus** herrühren sollte, so giebt doch der Scholiaft selbft schon eine Beschränkung seiner Ausfage an, die überdies zweifelhaft wird, da keiner der Haupttitel für die Leiftungen jenes Neoptolemus, weder Διονυσιὰς bei Athen. III. p. 82 D. noch das große Werk γλωσσῶν (Meineke Anal. Alex. Epim. V.) recht abfehen läßt, daß Neoptolemus sich auch mit einer ars poetica beschäftigt habe. Dazu kommt, daß sich in der Horazischen ars auch entschiedene Spuren anderweitiger Studien, wie der des Aristoteles, ja nach Einigen des Plato, zeigen, so daß sie also viel wahrscheinlicher als Sammelplatz verschiedener Beobachtungen, denn als Copie eines beftimmten Mufters erscheint.

Aehnliche Refultate ergiebt der Nachweis feiner **Studien in den Alexandrinischen Dichtern.** Von vornherein scheint er hier mit umsichtiger Wahl sich an Autoritäten wie **Kallimachus, Theokrit, Aratus, Rhianus** gehalten zu haben, die bekanntlich am wenigften Leichtigkeit und Geschmack der Darftellung dem Prunke der Gelehrsamkeit aufopferten, während Leute wie **Hermesianax, Lykophron, Euphorion, Nikander,** die in der unerquicklichften Weise eben jene Gelehrsamkeit darlegten, vom unverdroffenen Forscher Virgil geschätzt, vom genialen Ovid überwunden, vom praktischen Horaz soviel wie möglich bei Seite gelaffen wurden. Dann fällt auf, daß er Alexandrinische Mufter in größerem Umfange entweder nur in frühen Productionen wie Od. I, 28, oder in Gedichten an Virgil wie Od. I, 3; IV, 12, 1 — 12 oder in der beftimmten erotischen Gattung wie Od. I, 13; II, 5; III, 27, 25 sqq.; IV, 10; Epod. XV nachzeichnete[1]). Drittens zeigt auch die theilweise Nachahmung ein Streben, soviel als möglich auf der Oberfläche zu bleiben und nur gelegentlich in die gelehrten Tiefen hinabzufteigen, ferner ein Nachgehen wirklich geschmackvoller Eleganz, endlich ein willigeres und sorglofes Nachbilden nur auf dem anerkanntesten Gebiete Alexandrinischer Darftellung, der Erotik. Wenn er trotzdem sich nicht durchweg von den Hauptfehlern dieser Darftellung frei erhielt[2]), wie von Ueber-

---

1) Da von allen diesen Einzelheiten im dritten Kapitel ausführlicher gehandelt werden wird, genügt hier die kurze Ueberficht: Od. I, 28 macht Inhalt, Ton und Anlage es mehr als wahrscheinlich, daß ein „εἰδύλλιον vel etiam epigramma Alexandrinae aetatis" zu Grunde liegt. Od. I, 3 zeigt im Anfange die entschiedenfte Anlehnung an ein Gedicht des Callimachus und auch im Verlaufe ein ganz Alexandrinisches Colorit. Die Frühlingsschilderung Od. IV, 12, 1 — 12 erscheint als Sammelplatz der gewählteften Alexandrinischen Ideen über dieses Sujet. Eben diese Natur bewähren in mehr oder weniger günftigem Verhältniffe Od. I, 13; II, 5; IV, 10; Od. III, 27, 25—76 ift felbftftändig nachgezeichnet dem zweiten Idyll des Moschus, Epod. XV. aber verdankt Grundgedanken und Ausführung einem Epigramm des Meleager.

2) Geschmack und Mode der Zeit waren hier mächtig genug, um felbft einen Horaz zum Fehlerhaften zu verleiten, und daher sind bei Abundanzen wie Epod. XVI, 27 sqq. und Od. I, 2, 6—12 Entschul-

labung in Epod. XVI, 27 sqq. Od. I, 2, 6 — 12, von unnützer Breite in Od. I, 12, von Gesuchtheit und gespreiztem Tone in Od. I, 13, 15 sq.; Od. I, 16, 13 — 16: so sind dies doch nur sehr vereinzelte Erscheinungen, wogegen die entschiedene Neigung sich herausstellt, die Alexandrinischen Massen eher durch kompendiären Zuschnitt zu bewältigen, als mit ihrem Auskramen zu prunken.

Es dürfte nicht blos aus Natur und Bedürfniß des lyrischen Gedichts sich erklären lassen, wenn Horaz bei Behandlung der Mythen, dieses Hauptgewinnes aller Alexandrinischen Studien jener Zeit, eine solche Kürze und Gedrungenheit entwickelt, daß er theils in Wendungen wie saeva Pelopis domus Od. I, 6, 8., proeliis audax Liber Od. I, 12, 21., fabulosus Hydaspes Od. I, 22, 7., Tantalus atque Tantali genus Od. II, 18, 36.[1]), fabulosae palumbes Od. III, 4, 9., peccare docentes historiae Od. III. 7, 19, ingratam Veneri superbiam Od. III, 10, 9 ganze Sagenreihen zusammenfaßt, theils einzelne Mythen selten so ausführlich wie Od. III, 3, 18 sqq. III, 16, 1 — 8. IV, 12, 5 — 9, Epod. V, 61 sqq. erzählt, vielmehr häufig wie Od. III, 4, 63 sq. gleichsam nur mit einem Worte andeutet[2]). Uebersieht man überhaupt aber Titel und Fassung der von Horaz angezogenen Mythen, so erstaunt man, wie wenig er gerade auf diesem Felde den Alexandrinern nachging. Der Alexandrinischen Polymathie gerade entgegengesetzt erscheint das Prinzip der Horazischen Mythennutzung, lieber die einzelnen Züge einer und derselben Mythe für seine Zwecke auszubeuten, als seine Leser durch Häufung des verschiedenartigsten Mythenstoffes zu ermüden. Dann ist es gewiß ein den Alexandrinern fremder Gesichtspunkt, welcher Horaz bestimmte, mit sichtlicher Vorliebe solche Mythen zu wählen, welche eine gewisse Popularität erlangten, sei es durch sprüchwörtliche Geltung wie Daedaleo ocior Icaro Od. II, 20, 13., eques melior Bellerophonte Od. III, 12, 8., notus tentator virginis Dianae Od. III, 4, 70; amabilis Antilochus (ὃς μόνος φιλοπάτωρ παρὰ τοῖς Ἕλλησι ἠγορεύθη Xen. Cyneg. 1, 14.) Od. II, 9, 13, oder durch das Theater wie Thyesteas preces Epod. V, 86, cena Thyestae A. P. 91., oder durch Anschauung von

---

bigungen wie „iuvenili ardore abreptus nimis fortasse in his imaginibus cumulandis luxuriatus est poeta" oder hae imagines, multis visae nimis cumulatae et quaesitae, apud lyricum minus habent reprehensionis, quam apud epicum" zum mindesten überflüssig. Die gelehrte Digression über Orpheus Od. I, 12, 5 — 12 verbreitet den herrlichen Pindarischen Anfang ohne einen Zweck noch Nutzen, ganz anders als die ähnliche Digression über Apollo Od. III, 4. 61 — 64, welche sowohl individuelles als künstlerisches Interesse hat (vid. Orell. in l. l.). In Od. I, 13. 15 sq. ist der Ausdruck sehr gelehrt, aber spielend, in Od. I, 16. 13 — 16 die Exposition gesucht und durchaus nicht am Platze.

1) Aehnlich ist die Kürze des Ausdruckes in Od. III, 19, 3 Genus Aeaci narras.

2) Hertzberg Quaest. Propert. L. II. c. 4. p. 72: „singulis primum appellationibus, ne peritis taedium moveat, res singulas tangens."

Bildwerken[1]) wie des Phidias Κενταυρομαχία Od. I, 18, 8, oder der Athenischen Gemälde von Pentheus, Lykurg und Ariadne Od. II, 19, 13—16 (cl. Orell. Excurs. in l. l.). Bedenkt man endlich, wie nach seinen eigenen Andeutungen Od. IV, 2, 13—16, Epist. II, 1, 162 sq. er erst in Folge der Studien des Pindar und der Tragiker seine Aufmerksamkeit auf Brauchbarkeit und Fassung einer Menge von Mythen richtete, worunter besonders zu rechnen die Darstellungen der riesigen Vorwelt Od. III, 4, 50—76; v. 77; III, 11, 21; II, 14, 7; IV, 6, 2; IV, 11, 29 sqq.[2]), die mythische Bevölkerung der Unterwelt durch Minos Od. I, 18, 9., Aeakus Od. IV, 8, 27 sqq. mit directer Anspielung auf Pindar, und Od. II, 13, 22., Prometheus ibid. v. 37., Tantalus Od. I, 28, 7; II, 13, 37., Ixion Od. III, 11, 21. A. P. 124., Sisyphus Od. II, 14, 19, die Danaiden Od. II, 13, 6; II, 14, 18; III, 11, 22 sqq., ferner die Heldengeschichten von Peleus Od. III, 7, 17 sqq. A. P. 96., Bellerophon Od. I, 27, 24; III, 7, 13—16; IV, 11, 26 und die tragischen Mythen von den Pelopiden Od. I, 6, 8; I, 16, 37; I, 28, 7; II, 18, 36; A. P. 91; 124: Epod. V, 86., der Niobe IV, 6, 1., dem Amphiaraus III, 16, 11 sqq., der Prokne IV, 12, 5., der Ino und Jo A. P. 123. Zieht man dies alles ab, so dürfte unmittelbar aus Alexandrinischen und ihnen verwandten Quellen, wie der Hekale und Kydippe des Kallimachus, zahlreichen Dionysiaden und Herakleen, vor allem aber den Ἀργοναυτικά des Apollonius Rhodius[3]), Auswahl und Fassung nur weniger Mythen geflossen sein: wie der von Orpheus Od. I, 12, 5—12; I, 24, 13 sq.; III, 11, 13—16; A. P. 393, Amphion Od. III, 11, 2; A. P. 394; Epist. I, 18, 41—44., den Dioscuren Od. I, 12, 25 (scherzhaft Sat. II, 1, 26); III, 3, 9; IV, 8, 33 sqq., Prometheus[4]) Od. I, 16, 13—16; I, 3, 29; II, 18, 35, von Dädalus und Ikarus Od. I, 3, 34 sq.; IV, 2, 2., Hippolytus Od. IV, 7, 25., Tithonus Od. I,

---

1) Dieses Moment macht auch für des Properz Mythennutzung geltend Hertzberg Quaest. Propert. L. II, c. IV. p. 70 sq., wo er besonders bemerkt, artificiorum Graecorum notitiam iam tum Romae passim iactari coeptam esse. Hor. Sat. II, 3, 64.

2) Die offenbare Anspielung auf die Tithosmythe in Od. IV, 11, 29—31 stellt sich dadurch klar als Ergebniß Pindarischer Studien heraus, daß ihre Auslegung fast Uebersetzung der Pindarischen ist: ὄφρα τις τᾶν ἐν δυνατῷ φιλοτάτων ἐπιψαύειν ἔραται.

3) Eine möglichste Beschränkung in der Annahme der hierher gehörigen Quellen scheint gerathen, da die wenigen und nicht tiefgehenden Mythen kaum die Lesung, geschweige die Benutzung von Werken wie Lyde des Antimachus, Leontium des Hermesianax oder der Chiliades des Euphorion verrathen.

4) Die Erzählung an diesen Stellen wird so speciös, daß wirkliche Quellenstudien zu Grunde liegen müssen. Zu Od. II, 18, 34 sqq. bemerkt Orelli: Hic Graecam aliquam fabulam, ex qua Prometheus auro oblato frustra aliquando a Charonte petiverit, ut ipsum ad superos reveheret, videtur respexisse. Dieses Zurückgehen auf entlegene und daher unbekannte Quellen ist viel häufiger bei Properz. Cf. Hertzberg Quaest. Propert. L. II, cap. IV. p. 70.

28, 8; II, 16, 30., der Danae Od. III, 16, 1—9., von Herkules Od. I, 3, 36; III,
3, 9; IV, 4, 61 sqq.; Epist. II, 1, 10—12; Epod. III, 17; XVII, 31 sqq.; Od. IV,
8, 31, den Argonauten mit den Nebenmythen von Kadmus Od. IV, 4, 64 und Phaethon
Od. IV, 11, 25[1]); angezogen in Epod. XVI, 57 sqq.; Epod. III, 9; Epod. V, 61 sqq.;
Od. II, 13, 7; Od. IV, 4, 63.[2]), von Bacchus Od. I, 18, 9; II, 19, 13—17; ibid.
19—32; Od. III, 3, 13; IV, 8, 35 sq. endlich vom kyllischen Sagenkreise Od. I, 8,
14 sq.; I, 15, 1; II, 16, 29; III, 3, 18—25; IV, 6, 3; Epod. XVII, 8 sqq. —
Gleichsam eine Ausgleichung und Entschädigung für Verehrer der Gelehrsamkeit gaben
daher hier die Andeutungen auf eine Fülle Italischer Städtesagen, wie Tibur Argeo positum
colono Od. II, 6, 5., regnata Laconi rura Phalanto ibid. v. 11., Lacedaemonium
Tarentum Od. III, 5, 56, Laestrygonia amphora Od. III, 16, 34, auctore ab illo
ducit originem, qui Formiarum moenia dicitur princeps et innantem Maricae litoribus
tenuisse Lirim Od. III, 17, 5 sqq., Telegoni iuga parricidae Od. III, 29, 8., Canusi,
qui locus a forti Diomede est conditus Sat. I, 5, 91., sequor hunc Lucanus an Apu-
lus anceps; nam Venusinus etc. Sat. II, 1, 34—38.

Auch die Lektüre der Hymnen eines Callimachus scheint kein erhebliches Resultat
für die Productionen des Horaz geliefert zu haben, da die Hymnen und hymnologen
Gedichte desselben, wie Od. I, 10., I, 21., II, 19,, III, 18., IV, 6., Carm. Saec., zum
Theil als Studien ganz andere Muster verrathen, zum Theil als Ergebnisse des wirklichen
Lebens von den das Gepräge rein lokaler, ja persönlicher Interessen tragenden Callima-
chischen Hymnen zu weit entfernt lagen[3]). Somit mochte das beste Verdienst letzterer darin
bestehn, daß sie des Horaz Aufmerksamkeit auf die ältesten und gediegensten Producte in
diesem Genre, die sogenannten Homerischen Hymnen, lenkten, während sie unmittelbar nur
gewisse Kunstgriffe der Darstellung auf diesem Felde lehrten, wie die Aufzählung der verschiedenen Musen Od. I, 12, 5, der Diana Od. I, 21, 6, des Apollo Od. III, 4, 61—64,
der Venus Od. III, 28, 13, die Befriedigung der Götter durch die Polyonymie[4]) Od. I,
2, 33 (parodisch Sat. II, 6, 20) C. S. 13—16. oder Zeichnungen einzelner Göttergestalten,
wie der Latona dilecta penitus Iovi (von Callim. H. in Apoll. 14. in Dian. 19 frequen-
tirtes Argument) Od. I, 21, 3 sq., der Diana laeta fluviis et nemorum coma (ganz
übereinstimmende Darstellung mit Orph. Hymn. 31, 4: ἥ τε διαΐσσεις ὄχθους ὑψαύχενας
ἀκρωρείους ἠδ' ὄρεα σκιόεντα νάπῃσί τε σὴν φρένα τέρπεις) ibid. v. 5., und dea fugaces

---

1) In dieser Stelle erscheint der ambustus Phaethon genau gezeichnet nach Apollon Rhod. IV, 598.

2) Der Verfolg der in diesen Stellen angedeuteten Medeamythe fällt in das tragische Gebiet A. P. 123.

3) Hierüber sehe man Bernhardy Gr. Littg. B. II. S. 1034.

4) Die Artemis selbst sorgt für ihren Sänger Callimachus, indem sie Hymn. 3, 6. bittet: Δός μοι παρ-
θενίην αἰώνιον, ἄππα, φυλάσσειν, καὶ πολυωνυμίην.

lyncas et cervos cohibens arcu (von Callimachus entworfener Charakter H. in D. 16: ὁππότε μηκέτι λύγκας μήτ᾽ ἐλάφους βάλλοιμι) Od. IV, 6, 33., des Apollo, qui Xantho lavit amne crines (Xanthusfluß bei Patara in Lycien, nicht der trojanische, verräth Alexandrinische Gelehrsamkeit) Od IV, 6, 26, der Venus, quae beatam diva tenet Cyprum et Memphin carentem Sithonia nive (Memphis nach Strab. XVII, 32. δευτέρα μετὰ Ἀλεξάνδρειαν Αἰγύπτου πόλις) Od. III, 26, 9 sq., quae Cnidon fulgentesque tenet Cycladas et Paphon iunctis visit oloribus (in Od. IV, 1, 10 fogar purpureis oloribus Od. III, 13 sqq.[1]). Endlich stammte aus dieser Hymnenlektüre manche gelehrte Notiz, wie Semeleïus Thyoneus Od. I, 17, 23., Bassareus Od I, 18, 16, cornu Berecyntium ibid. v. 13., Bistonides Od. II, 19, 20., Hebrus, Fluß und Rhodope, Gebirge in Thracien, Hauptpunkte des Bacchuscultus Od. III, 25, 10 sq., proeliis audax Liber (wie Orph. 44, 3 vom Bacchus, ὃς ξίφεσίν χαίρεις καὶ αἵματι. Macrob. Sat. I, 19: Bacchus ἐννάλιος cognominatur, quod est inter propria Martis nomina), ähnlich Mercurius als markirter Begleiter der Venus Od. I, 30, 8. (vid. interpp.), levis Agyieus (von Callim. hervorgehobenes Moment H. in Ap. 36: καί κεν ἀεὶ καλός καὶ ἀεὶ νέος οὖ ποτε Φοίβου Θηλείαις οὐδ᾽ ὅσσον ἐπὶ χνόος ἦλθε παρειαῖς) Od. IV, 6, 28., fraterna lyra insignis (Cyllenea fides Epod. XIII, 9.) Od. I, 21, 12., Patareus Od. III, 4, 64. mit Tempe als Göttersitz (Aelian. V. H. 3, 1: ἐνταῦθά τοί φασι παῖδες Θετταλῶν καὶ τὸν Ἀπόλλωνα καθήρασθαι κατὰ πρόσταγμα τοῦ Διός) Od. I, 21, 9., Pimplea (bei den Alexandrinern gewöhnlich Πιμπληΐδες oder Πιμπληιάδες von den Musen) Od. I, 26, 9., antrum Dionaeum (Theocr. XV, 106: Κύπρις Διωναίᾳ) Od. II, 1, 39. —

Mehr Aufmerksamkeit widmete er offenbar den zahlreichen astronomischen und astrologischen Lehrgedichten der Alexandriner, namentlich eines Aratus, Eratosthenes und der Quellenschriftsteller, die sich jetzt noch hinter des Pseudo-Manetho Apotelesmatika verbergen: theils bewogen durch die ziemliche Verbreitung und Popularität derartiger Schriften unter dem damaligen Publikum, theils fortgerissen durch die Neigung seiner Zeit, in den Sternen zu lesen. Der schlagendste Beweis hierfür ist das berühmte Horoscop in Od. II, 17, 17—23 an seinen Mäcenas, das besonders in der Technik der Ausdrücke ganz übereinstimmt mit jenem dem Manetho zugeschriebenen Werke (ich erinnere nur an die pars violentior genitalis horae, nur zu verstehen durch Apotelesm. I, 341 und III, 413: ἀστήρ, ὅς ῥά τε δεσπόζει γενέθλης μέγα τε κράτος ἔχει, und den impius Saturnus ebendas. als Κρόνος βλαβερός, Κρόνου βλαβεραυγέος ἀστήρ charakterisirt, im Uebrigen auf die Interpreten verweisend, namentlich über adspicit, das, wie quaerere-στοχάζεσθαι Od. I, 11, 1., als reiner termin. techn. erscheint), ferner die Andeutung des

---

1) Diesen Zeichnungen reiht sich als verwandter Beleg die Schilderung der rettenden Macht der Dioskuren an, welche durchaus Theokritische Züge trägt. Man vergleiche Od. I, 12, 27—32 mit Theocr. XXVII, 17 sqq.

ἀστροβολισμός in Od. III, 1, 31 sq., die Erwähnung der insana Caprae sidera (ἀλευῖη Αἰγὸς Arat. 677.) und die mit mythiſchen Zügen gemalte Conſtellation Od. III, 29, 17—20. Ferner die vielfachen Anſpielungen auf Dioſemeia, wie Od. III, 27, 8: antequam stantes repetat paludes imbrium divina avis imminentum, Od. III, 17, 12, aquae augur annosa cornix (χειμῶνος μέγα σῆμα καὶ ἐννεάτειρα κορώνη Arat. 1022), Od. III, 27, 17: quanto trepidet tumultu pronus Orion, ibid. v. 22; motus caeci orientis Austri, Od. III, 1, 27: Arcturi cadentis impetus aut orientis Haedi, Od. III, 17, 11: demissa tempestas ab Euro (χειμέριαι καταιγίδες Εὔρου Epigr. in Anth. Pal. I. p. 460.)

Ein Blick auf die nicht wenigen Spuren ſeiner Studien in Alexandriniſcher Elegien- und Epigrammendichtung läßt erkennen, daß Horaz mit einer gewiſſen Vorliebe die Gedichte des Callimachus und Theokrit, von Epigrammen aber den Στέφανος des Meleager aus Gabara[1]) geleſen, überhaupt jedoch aus allen dieſen Vorlagen weniger zuſammenhängende Stoffe und Gedanken, als vielmehr mit feinſtem Urtheile geſchmackvolle Würzen, glänzende Figuren, überraſchende Wendungen des Ausdrucks und der Darſtellung gezogen habe. Hier zeigt ſich am deutlichſten, wie richtig er Verdienſt und Muſtergiltigkeit der Alexandriner abſchätzte, indem er ihnen unmittelbaren Einfluß auf ſeine Darſtellung nur in der Weiſe geſtattete, wie ſie Voß zu Virg. Landb. S. 839. in zu großer Beſchränkung für alle Auguſteiſchen Dichter behauptet, nämlich daß er „als Meiſter einzelne Edelſteine aus ihnen aushob, ſchliff und mit Weisheit ordnete.‟ So zieht ihn, wenn er wiederholt Od. I, 12, 27—32 und IV, 8, 33 sq. auf Theocr. κά, 17—20 refurrirt, ſichtlich die maleriſche Energie in jener Schilderung der Dioskurenmacht an und wird ihm zum Sporn, mit ihr zu wetteifern. Die überaus launige Jagdſcene bei Mosch. ϛ', 1—4 findet in Od. I, 33, 5—12 ihren würdigen Ausdruck, wie ſchon der gleich prägnante Inhalt eines Epigramms in Anth. Pal. II, p. 127. ihn beſtimmte, den Schluß von Sat. II, 2. danach zu geſtalten. Die rührende Aufforderung der Hypermneſtra Od. III, 11, 51 sqq. iſt ſicher eine Nachzeichnung der Situation bei Theocr. κδ', 46—48., wie die ähnliche Stelle Od. II, 6, 22—24. eine gleiche Zartheit athmet, wie Epigr. in Anth. Pal. II. p. 855: μέμνεο κἠν ζωοῖς ἐμέθεν καὶ πολλάκι τύμβῳ σπεῖσον ἀπὸ βλεφάρων δάκρυ ἀποιχομένῃ. Das ebenſo überzeugende als liebliche Argument für heitere Jugendnutzung Od. II, 11, 9 sqq. iſt nachdrückliche Summe der detaillirten Darſtellung Theocr. κδ', 28—30., während ſchon Epod. XVII, 21 sq. zu gleichem Zwecke die markirteſten Farben aus Mosch. δ', 2. Theocr. β', 89 sq. entlehnte. Die maleriſche Apotheoſe des Ptolemäus Lagides bei Theocr. ιζ', 16 sqq. wird Od III, 3, 11 sqq. zur gleich feinen Schmeichelei für Auguſtus, wie der auffällige Ausdruck des Callimachus: Ἀεὶ τοῖς μίκκοις μίκκα διδοῦσι θεοί zur beſtimmten und doch verſöhnlichen Abweiſung des Mäcenas dient Epp. I, 7, 44. Ebenſo laſſen die entſchiedenen Anlehnungen von Od. II, 16, 17. an Mosch. γ', 109—111., Od. IV,

---

1) Siehe die Charakteriſtik deſſelben bei Bernhardy Gr. Litt. B. II. S. 1056.

7, 14—16 an die Quelle von Sotion ap. Athen. VIII. p. 3., Od. IV, 8, 24 sq. an Theocr. ιζ´, 48 sqq. deutlich erkennen, daß theils das Salz der Antithese, theils das Gewicht der Sentenz, theils die Frappanz der lebhaften Frageform zur geschickten Nachbildung bewog. So hatte ihn der Glanz und das Ueberraschende des Gedankens, weniger die Rücksicht auf allgemeines Bekanntsein[1]) schon Sat. I, 2, 105—108. und Sat. II, 1, 42 sq. vermocht Darstellungen des Callimachus wie fr. 33 und 7 zu übersetzen und seiner Satire als Würze hinzuzufügen. — Noch mehr aber zeigt sich Thätigkeit, Klugheit und Geschmack der apis Matina in Wahl und Nachbildung einzelner Ausdrücke und Bilder, die von den Alexandrinern mit besonderm Geschick und Glück wo nicht erfunden, so doch in Cours gesetzt waren. So das bedeutsame debere Od. I, 3, 5. nachgebildet dem ὀφέλλειν des Callim. fr. 126. Bentl., das zarte animae dimidium meae Od. I, 3, 8. vergl. pars animae altera Od. II, 17, 5. nach Callimachus und Meleagers ἥμισυ μευ ψυχῆς oder Theokrits τὸ ἥμισυ τᾶς ζοίας, das kühne aequo pulsat pede Od. I, 4, 13., nicht erreicht von Ovid. Heroid. 21, 46., nach Callim. H. in Ap. 3; καὶ δήπου τὰ θύρετρα καλῷ ποδὶ Φοῖβος ἀράσσει, und das euphemistische domus Plutonia im Sinne von „Grab“[2]) Od. I, 4, 17., nach gewöhnlicher epigrammatischer Anschauung wie Νυκτὸς δόμος Anyte Ep. 20., Φερσεφόνης θάλαμος Welcker Ep. p. 7., ὅς σφισι τῷδε τάφως ἐνεώσατο τείχισε δ´ Ἀίδαν Anth. Pal. II. p. 806., ähnlich wie der longus somnus Od. III, 11, 38. nach des Moschus klassischem μάλα μακρὸς ἀτέρμων νήγρετος ὕπνος. Ferner das liebliche Bild virenti Od. I, 9, 17. vgl. virentis Chiae Od. IV, 13, 6. dum virent genua gegenüber der canities Epod. XIII, 4., nach Theocr. κζ, 66., χλοεροῖσιν μελέσσιν, ιδ´, 69 sq.: ἐς γόνυν ἕρπει λευκαίνων ὁ χρόνος· ποιῆν τι δεῖ, ἃς γόνυ χλωρόν, ländlicher Anschauung entsprungen wie das naive olentis uxores mariti Od. I, 17, 7. nach Theokrits τράγος τᾶν λευκᾶν αἰγῶν πόσις, und die zarte Malerei mobilibus veris inhorruit adventus foliis Od. I, 23, 5., wie des Plato in Anth. Pal. II. p. 628: ὑψίκομος φωνήεσσα φρίσσουσα πυκινοῖς κῶνος ὑπὸ Ζεφύροις, der das Gemälde: rura, quae Liris mordet taciturnus amnis Od. I, 31, 8., nach Callim. ep. XLVI, 3: πολλάκι λήθει τοῖχον ὑποτρώγων ἡσύχιος πόταμος, und lapides adesi Od. III, 29, 36. nach Theokrits πέτροι, οὕςτε κυλίνδων χειμάρρους πόταμος μεγάλαις περιέξεσι δίναις nichts nachgiebt. Dagegen bewog ihn eine gewisse Erhabenheit der Vorstellung zur Herübernahme von Anschauungen wie

---

1) Orelli in Sat. I, 2, 105: Expressit epigramma Callimachi, quod tum, ut videtur, pro scolio cantari solebat.

2) Den Ausdruck Περσεφόνης δώματα gebrauchte schon Theogn. 973., aber nur als Apposition zu Ἔρεβος im Sinne von Homers Ἀίδεω δόμος. Mit Recht aber macht Orelli darauf aufmerksam, daß das Horazische Epitheton exilis nicht im Sinne des Homerischen εὐρώεις, sondern nach des Horaz eigener Interpretation Epist. I, 6, 45., de domo paupercula et angusta i. e. de sepulcro zu verstehen sei.

Μουσέων ὑποφῆται Theocr. ιζ', 29. *Πιερίδων* πρόπολος Plato in Br. An. I. p. 124. *Μοῦσαι καλαὶ κἄπολλον*, οἷς ἐγὼ σπένδω Callim. fr. 83 Bentl. dargeftellt im Musarum sacerdos Od. III, 1, 3., ferner bie *Μοῦσαι παῖδας ἰδοῦσαι ὄμματι μὴ λοξῷ* Callim. ep. XXII, 4. als Prototyp ber Melpomene nascentem placido lumine videns Od. IV, 3, 1. und ber *Κωκυτός ἀθέμιστος ἐπ᾽ ὀφρύσι μειδήσας* bes Hermefianag, umgewandelt in Tityos voltu ridens invito Od. III, 11, 22., eine gleiche orymorenähnliche Begriffs= verbindung wie animus amara temperans risu Od. II, 16, 26. nach ὁ *τὸν πολυστένακ= τον ἀνθρώπων βίον γέλωτι κεράσας* Anth. Pal. I. p. 349. und Od. I, 28, 1—3, wo pulveris exigui munera zum Pomp der beiden Anfangsverfe einen durch die Epigram= menbichter, wie Antip. Sid. in Br. An. II. p. 251, εἰ δ᾽ ὀλίγα κρύπτω τὸν τηλίκον, ἴσθ᾽ ὅτι κεύθει καὶ Θέτιδος γαμέταν ὁ βραχύβωλος ἴκος, An. Br. II. p. 124: ᾗ χθαμαλὴν ὁ τόσος ὑπέδυς κόνιν, Simmias in An. Br. I. p. 168: τὸν σὲ .... τὸν τραγικῆς Μούσης ἀστέρα ... τύμβος ἔχει καὶ γῆς ὀλίγον μέρος faft fterotyp geworbenen Gegenfaß bilben[1]). Auch fatirifche Ausfälle lernte er von ben Epigrammatifern, wie fie hervortreten in Od. IV, 13, 28: dilapsam in cineres facem nach Meleag. in Br. An. I. p. 151: πυραυγὴς πρίν ποτε, νῦν δ᾽ ἤδη δᾶλος und v. 25 parem cornicis vetulae temporibus Lycen, ein Gleichniß, das weber Lucillius in Br. An. II. p. 323. Λαΐδα κορωνεκάρην, noch Agathias ibid. III. p. 35. γραῦν τρικόρωνον dem Horaz, fondern Griechifchen Vorgängern nachbildeten, wie die Ausbrücke aridae quercus von alten Weibern Od. IV, 13, 5, und γεράνδρυα bei Aristaenet. II, 1, beide aus Griechifcher Quelle gefloffen fein mögen. Einen entfchiedenen Einfluß übten aber die Alexandriner auf manche erotifche Darftellung bes Horaz; denn abgefehen von ben fchon oben berührten Stellen Od. I, 13, sq. und Od. II, 8, 14—16, gehen auf Alexandrinifche Zeichnungen zurück alle jene herrlichen Schilderungen der Wirfungen ber Liebe: wie Od. I, 13, 5, tum nec mens mihi nec color certa sede manet nach Apollon. Rhod. III, 296: ὑπὸ κραδίῃ εἰλυμένος αἴθετο λάθρη οὖλος Ἔρως· ἀπαλὰς δὲ μετετρωπᾶτο παρειὰς ἐς χλόον, ἄλλοτ᾽ ἔρευθος, ἀκηδείησι νόοιο, v. 6. humor et in genas furtim labitur nach Meleag. in Br. An. I. p. 16, ὄμμα τε σῖγα πόθοις τὸ γλυκὺ δάκρυ φέρει, v. 7 arguens, vgl. Epod. XI, 9 sq.: conviviorum, in quis amantem languor et silentium arguit nach Asclepiad. in Anth. Pal. II. p. 492: ἐρᾶν ἀρνεύμενον ἡμῖν ἤτασεν ἐν πολλῇ προπόσει, v. 8. lentis penitus macerari ignibus vgl. Od. I, 33, 6: Cyrum torret amor, Od. III, 7, 10: ignibus alicuius uri, Od. I, 27, 15: Venus adurit ignibus aliquem, Od. III, 9, 13. me torret face mutua, Od. III, 19, 28: me lentus

---

1) Lächerlich ift demnach, was Muret. V. L. X, 19. vorbringt: Sed quid est, quod Horatius in Archytae Tarentini epitaphio bis pulverem nominat? Opinor eum respexisse ad supersti- tionem veterum, qui non integras ac solidas glebas, sed tritum ac minutam pulverem inicie- bant mortuis, credo, ne pressu dolorem eis aliquem afferrent: nam eis etiam levem ac mollem terram optare soliti erant,

Glycerae torret amor meae, dieſe ganze Phraſeologie iſt feſt ausgeprägt bei Theokrit, Moſchus u. a., wo Ausbrücke wie ὀπτᾶσϑαι ἐξ Ἀφροδίτας, ϑερμὸς ἔρως με κατάιϑει, ἔρως με κατασμύχει καὶ ἐς ὀστέον ἄχρις ἱάπτει, φλέγειν τινά, ἔρωτι σμύχεσϑαι, δάπτεσϑαι, τήκεσϑαι nicht zu den Seltenheiten gehören. Ebenſo iſt Od. I, 27, 11: quo beatus vulnere, qua pereat sagitta Reſultat Alexandriniſcher Studien, die τραῦμα abſolut geſagt „vom liebekranken Herz“ (vgl. Chariton. p. 2. 3. ed. Lips.), sagitta „vom Liebesſchmerz“ (vgl. Valcken. in Hippol. 392. Dorvill. in Chariton. p. 203.), und γλυκύπικρος von der Liebesempfindung ergaben. Denſelben Urſprung verräth das frequente Bild Venus mittit impares animos sub iuga aenea Od. I, 33, 11, cogit diductos iugo aeneo vgl. Od. I, 35, 28: pariter iugum ferre, erſichtlich aus Theocr. ιβ΄, 15: ἀλλήλους δ᾽ ἐφίλησαν ἴσῳ ζυγῷ. Endlich Zeichnungen, wie Mater saeva Cupidinum Od. I, 19, 1, vgl. Od. IV, 1, 5: dulcium mater saeva Cupidinum nach Theokrits Κύπρις βαρεῖα und des Philodem. in An. Br. II, 89. Κύπρις Πόϑων μήτηρ ἀελλοπόδων, comissans in domum Paulli Od. IV, 1, 10, nach Theokrits κωμάσδω ποτὶ τὰν Ἀμαρυλλίδα, ferner der fervidus puer Od. I, 30, 5, nach Mosch. ά, 8: ἔστι δ᾽ ὁ παῖς περίσαμος· χρῶτα μὲν οὐ λευκός πυρὶ δ᾽ εἴκελος, qui transvolat aridas quercus Od. IV, 13, 9. vgl. Sat. I, 2, 108. nach des Callimachus ἔρως τὰ ἐν μέσῳ κείμενα παρπέταται, nicht nach dem zierlicheren Anacreonticum bei Lucian Herc. 8, καὶ ὁ ἔρως … εἰσιδών με … χρυσοφαέννοιν πτερύγοιν … παραπετέσϑω, der frappante Zug in der Schilderung des puer delicatus Od. III, 20, 13: leni recreat vento sparsum odoratis humerum capillis, vgl. Od. IV, 10, 3: cui comae humeris involitant nach Theocr. έ, 90 sq.: κἠμὲ ὁ κρατίδας λεῖος ὑπαντῶν ἐκμαίνει. λιπαρὰ δὲ παρ᾽ αὐχένα σείετ᾽ ἔϑειρα, und die Charakteriſtrung der Geliebten in Od. III, 9, 10: Chloë docta modos et citharae sciens nach Alex. Aet. in Br. An. I p. 419: Τιμόϑεον, κιϑάρης ἴδμονα καὶ μελέων. Aus den Alexandrinern bereicherte er ebenfalls ſeinen Schatz von Epithetis, theils wegen ihres Nachdruckes, wie Orcus rapax Od. II, 18, 30 nach des Callimachus Ἀΐδης ἁρπακτήρ, saeva paupertas nach Theokrits πενίη βαρεῖα, μόχϑοιο διδάσκαλος, Threicia amystis nach Callim. ap. Athen. XI, 477: καὶ γὰρ ὁ Θρηϊκίην μὲν ἀνήνατο χανδὸν ἄμυστιν ζωροποτεῖν, theils wegen ihrer Gewähltheit, wie vitrea Circe Od. I, 17, 18, anſcheinend wie caerulea Epod. XIII, 16 einfach für marina geſetzt, zugleich aber an den beſondern Gebrauch des Wortes bei Theokrit: τὸν ὑάλινον παῖδα, bei Straton: ὑαλίνην ὄψιν u. a. um ſo mehr erinnernd, als ſchon Sat. II, 3, 222: vitrea fama nur vom „glänzenden, ſtrahlenden“ Ruhme verſtanden werden kann. Ebenſo ſcheint der dunkele Ausdruck lubricus adspici Od. I, 19, 8. epigrammatiſcher Darſtellung entſprungen zu ſein, mag man ihn einfach nehmen für σφαλερὸς βλέπεσϑαι, oder gewählter nach Musaeus: ἀπ᾽ ὀφϑαλμοῖο βολάων κάλλος ὀλισϑαίνει, oder gar nach Meleager ὀφϑαλμοὶ ἰξῷ Κύπριδος ἐγχριόμενοι, oder endlich wie putres oculi Od. I, 36, 17. im Sinne von Callimachus: ὄμματα ὑγρὰ ταχερά. Hierher dürfte auch zu ziehen ſein niveus color Briseidos Od. II, 4, 3 und niveum latus Europae Od. III, 27, 25., welches wie capi-

tis nives Od. IV, 13, 12. auf den Alexandrinern zusagende Kühnheiten wie νιφόεσσα
Ἑλένη und πολιῷ γήραϊ νιφόμενος zurückzugehen scheint. Noch stellt sich bei Horaz eine
Neigung für solche Ausdrücke der Alexandriner heraus, die bei naivster Einfachheit doch
sehr viel sagen, wie cubans Ustica nach Theocr. ιγ΄, 40: ἡμένῳ ἐν χώρῳ, memor vom
Versunkensein in einen geliebten Gegenstand Od. I, 33, 1 nach Theocr. ζ΄, 69: καὶ πίο-
μαι μ' ἁλακῶς μεμνάμενος Ἀγεάνακτος, potior vom begünstigten Liebhaber Od. III, 9, 2,
vgl. Epod. XV, 13, Epist. I, 5, 27, wie κρείσσων bei Callim., loquax im Sinne von
„gesangreich" nach Meleager: λάλοι πτέρυγες τέττιγος, und von sich selbst λάλιος, ähnlich
dem Ausdruck dicunt fistula carmina Od. IV, 12, 9, nach Theocr. κ΄, 29: αὐλῷ λαλεῖν
καὶ δόνακι. Hierher gehört auch peccare[1]) im Sinne von „Liebschaften haben", wie
ἁμαρτάνειν, ἁμαρτήματα häufig bei den Alexandrinern, und das einfache placere, vgl. Epist.
I, 7, 45. Carm. Saec. 7. vom Lieblingsaufenthalt eines Gottes nach Callim. Hymn. in
Dian. 187: πολίων δέ τοι εὔαδε Πέργη, Ταΰγετον δ' ὀρίων.

Studium der Komiker.

4. Wurden die bisher betrachteten Homerischen und Alexandrinischen Studien dem
Horaz gleichsam als eine Nothwendigkeit theils durch die Sitte des gewöhnlichen Lebens,
theils durch die Anforderungen der höhern Bildung vorgeschrieben und als gemeinsame
Quelle und Grundlage aller seiner Dichtungen mit ruhiger gleichmäßiger Neigung und zu
keiner Zeit besonders gesteigertem Eifer betrieben, so tragen dagegen die nun zu berührenden
Arbeiten einen ganz anderen Charakter. Mit den **Studien der Griechischen Komiker**
nämlich beginnt eine geordnete Reihen- und Stufenfolge derselben, deren Objekte mit
selbstständigem Urtheil und nach eigenem Geschmack unter den Griechen gewählt, ein Interesse
jeweiliger Production, für die sie die Muster bilden, zum Mittelpunkte alles Verkehrs mit
den Griechen gemacht, dann aber mehr oder weniger fallen gelassen werden, verdrängt durch
neue Anhaltepunkte der imitirenden Composition. So, als Lebensverhältnisse, Gemüthsstim-
mung und vorwiegende Anlage den erwachenden Dichtergeist des Horaz vor Allem der
Satire zugewendet, belehrte ihn frühzeitig Geist und Charakter der Dichtung seines Vor-
gängers Lucilius, wo die Muster für dieses Genre der Darstellung zu suchen sein, wie er
dies deutlich ausspricht Sat. I, 4, 6 sq.

Hinc (a veteribus Graecorum comicis) omnis pendet Lucilius, hosce secutus,
Mutatis tantum pedibus numerisque.

Aber die Lucilische Satire war ein materielles Nachbild jener alten Komödie,
insofern sie durchweg deren summa libertas notandi (Hor. l. l. v. 1—5, coll. Sat. I, 10,

---

1) Od. I, 27, 17. In viel gröberem und ächt Römischem Sinne steht das Wort Sat. I, 2, 63.

3 sq.) zum Hauptgesichtspunkte ihrer Anlehnung nahm: der bedeutendste Fortschritt der Horazischen wurde daher begründet durch Aufstellung eines neuen Princips jener Nachahmung, wie er es bestimmt und klar darlegt in den Worten Sat. I, 10, 7 sqq.:

> — non satis est risu diducere rictum
> Auditoris; et est quaedam tamen haec quoque virtus;
> Est brevitate opus, ut currat sententia neu se
> Impediat verbis lassas onerantibus aures;
> Et sermone opus est modo tristi, saepe iocoso,
> Defendente vicem modo rhetoris atque poetae,
> Interdum urbani, parcentis viribus atque
> Extenuantis eas consulto. Ridiculum acri
> Fortius et melius magnas plerumque secat res.
> Illi, scripta quibus comoedia prisca viris est,
> Hoc stabant, hoc sunt imitandi. —

Die hieraus auf den ersten Blick sich ergebende durchaus formale Natur dieses Prinzips hat zwei nothwendige Consequenzen, die eine für Horaz selbst, daß in Folge derselben sein Studienkreis im Vergleich mit dem Lucilischen sich bedeutend erweiterte, die andere für uns, daß wir die Spuren der jetzt zu betrachtenden Studien weniger in directen Anlehnungen an die Griechischen Komiker, als in der Nachahmung ihrer eigenthümlichen Darstellungsweisen zu suchen haben. Die Erweiterung und Vertiefung der Lucilischen Studien deutet er selbst gelegentlich an Sat. II, 3, 11 sq.: Quorsum pertinuit stipare Platona Menandro, Eupolin Archilocho? Erkennt man in dieser Angabe mit Recht weniger eine statistische Genauigkeit als poetische Ungezwungenheit, womit er im Namen Eupolis auch die Leistungen eines Cratinus, Aristophanes und anderer Notabilitäten der alten Komödie begreift[1]), so entscheidet sich leicht der Streit über den Namen Plato, und die Schriften des großen Philosophen, verbunden mit den hauptsächlichsten Erzeugnissen der mittleren und neueren Komödie, erscheinen als ebenso natürliches wie passendes Supplement der von den alten Komikern entnommenen Studiensubsidien, woran sich, wie wir später sehen werden, die Erwähnung des Archilochus als eigenthümliches Moment schließt. Daß er den Plato so frühzeitig schon in den Kreis seiner Lieblingslectüre zog, daß er vor Allem ihn mit dem Studium der Griechischen Komiker in Verbindung setzte, scheint mir weniger eine Folge des in A. P. 309 sq. aus längerer Erfahrung und durchaus in kollectivem Sinne aufgestellten praktischen Grundsatzes, als vielmehr ein sprechendes Zeugniß von der Selbstständigkeit, Richtigkeit und Feinheit des Horazischen Urtheils über Wesen

---

[1]) Vgl. Heindorf zur angef. Stelle, wo als weiterer Grund die Bedeutung des Eupolis für die Alten, welche Bernhardy Gr. Littg. II, S. 949. erläutert, hinzuzufügen ist.

und Werth der Griechischen Schriftsteller. Denn eine Seite der Platonischen Leistung, welche außer Aristoteles nicht leicht einer der älteren Kritiker berühren mochte, nämlich das überwiegend poetische Element in der Prosa des Plato, zog früh die Aufmerksamkeit des Horaz auf sich, und wie Plato behufs seiner dialogischen Darstellung bekanntlich außer den bedeutendsten Producten der heimischen Tragödie und Komödie selbst die Sicilischen Meister der letzteren studirte, so wurde er wiederum mit richtiger Würdigung von Horaz als nothwendige Ergänzung, als wirksamste Anregung, als trefflichste Anleitung für den das Griechische Drama zu gleichen oder doch wenigstens sehr ähnlichen Zwecken Studirenden angewendet. Außer der bewundernswürdigen Beweglichkeit und Energie des Dialogs, außer der Fülle des Attischen Salzes und Sokratischen Geistes, außer der reizenden Verbindung von Philosophie, Witz und Laune, die Wieland mit Recht als Hauptgewinne des Horaz aus diesen Platonischen Studien bezeichnet, wird demnach wo nicht Alles, so doch ein großer Theil von dem später über Spuren und Resultate der komischen Studien bei Horaz zu sagenden auch auf Plato, als eine Hauptquelle, zurückzubeziehen sein. — Wie Horaz aber früh durch die Veränderung der Zeit- und Bildungszustände auch zu einer Aenderung des Lucilischen Gesichtspunktes für jene Studien kam, so konnten ihm auch die zum Theil ganz eigenthümlichen, mit Zeit und Wesen der alten Komödie eng verwachsenen Darstellungsmittel der letztern allein nicht genügen; besonders jener urkräftige, aus der Gegenwart entsprungene und für die Gegenwart berechnete Geist, der sie auf allen Punkten durchwehte, machte viele dieser Mittel widerlich, wirkungslos oder unverständlich für ein Publikum, das durch gesellschaftliche Situation und intellectuelle wie moralische Ausstattung fast noch weiter als durch den Zeitraum von jenem δῆμος des Aristophanes entfernt war. Wenn dagegen schon ein Plautus und Terenz gezeigt hatten, welchen Schatz von allgemein verständlichen und ergötzlichen Motiven und Effecten die den nationalen und temporellen Charakter der alten Komödie immer mehr in den universellen des Luftspiels verwandelnde mittlere und neuere Komödie [1] darbot, wenn ferner ein so feiner Beurtheiler wie Horaz bei nur einiger Bekanntschaft mit dieser gar bald herausfühlen mußte, daß ihr Boden nicht mehr die frische lebendige Gegenwart, sondern die in Büchern niedergelegte Vergangenheit war [2], also ganz übereinstimmte mit dem Boden, auf den er sich zu stellen hatte, so wird man es

---

[1] Man vgl. über diese Umwandlung Bernh. Gr. Littg. Th. II. S. 1011 sq.

[2] Bernh. Gr. Littg. Th. II. S. 1001: „Die mittlere Komödie (und noch mehr ihre Fortsetzung und Vollendung die neuere) war einerseits wenig an ihre Gegenwart gebunden, geschweige daß sie in dieselbe hätte eingreifen mögen, auf der andern Seite durfte sie bei ihren Zeitgenossen, welche bereits einen großen Umfang von Lectüre durchliefen, die Schule der Rhetoren fast regelmäßig besuchten und immer mehr den Einfluß der Philosophie erfuhren, einen Reichthum von Bildung und Belesenheit voraussetzen. Um so lieber gingen diese Komiker bei nicht wenigen Stoffen in die Vergangenheit der Litteratur und in den Mythenkreis zurück."

4

erklärlich finden, warum er mit fast noch größerem Eifer als die alten Komiker die Stücke eines Eubulus, Alexis, Antiphanes, Philemon, Diphilus und vor allen eines Menander studirte. Aber noch weiter erstreckte sich der Umfang seiner Studien. Die bedeutendsten Erscheinungen der dorischen Komödie, ein Epicharmus, den die Gegner des Horaz, die Alterthümler sogar bis auf den Grund seines Wesens studirt und durchschaut hatten[1]), Sophron, bestimmt ihm empfohlen durch dessen eifrigen Verehrer und Schüler Plato[2]), Archestratus, dessen Küchenweisheit, schon durch Ennius den Römern gepredigt, deutlich in Sat. II, 4, hindurchklingt, endlich ein Timon, dessen Sillen wenigstens Scenerie und dialogische Form für die auf jenes Archestratische Probestück unmittelbar folgende Satire hergaben, wurden sicherlich um so lieber und eifriger von ihm gelesen, als sie ganz geeignet waren, durch ihre ländlich frische, naive und launige Darstellung die Anstrengungen ernster Arbeit oder die Last beengender Convenienz wohlthätig zu unterbrechen und zu erleichtern.

Daß so umfassende, so ernstlich betriebene Studien ganz besondern Einfluß auf die Horazische Production haben mußten, ist ebenso natürlich, als es nach dem sie leitenden Principe erklärlich ist, warum die Spuren einer Benutzung des komischen Stoffes äußerst spärlich bei ihm ausgestreut sind. Einige Andeutungen über Sujets seiner hierher gehörigen Lectüre, wie Epod. 1, 33: haud paravero quod avarus ut Chremes terra premam[3]), A. P. 94. iratus Chremes (vgl. Sat. I, 4, 48—52.), A. P. 238. audax Pythias emuncto lucrata Simone talentum[4]), vor allen Epist. I, 19, 2,

---

1) Der Hauptpunkt zur Erklärung der den Interpreten so schwierig erschienenen Stelle Epist. II, 1, 58 beruht eben darin, daß Horaz dies Urtheil über die Leistung des Plautus den Alterthümlern in den Mund legt, zeigt aber zugleich auch eine ziemlich verbreitete Bekanntschaft mit den Gedichten des Epicharm.

2) Diog. III, 18: Δοκεῖ δὲ Πλάτων καὶ τὰ Σώφρονος τοῦ μιμογράφου βιβλία ἠμελημένα πρῶτος εἰς Ἀθήνας διακομίσαι καὶ ἠθοποιῆσαι πρὸς αὐτά, ἃ καὶ εὑρεθῆναι ὑπὸ τῇ κεφαλῇ αὐτοῦ.

3) Dies Citat ist in seinen einzelnen Bestimmungen sehr genau, weil Chremes in verschiedenen Situationen bei Menander auftrat (vgl. Orelli z. a. St.). Darum möchten die folgenden Worte discinctus aut perdam ut nepos in ihrer Allgemeinheit nicht als Citat, sondern als bloßer durch avarus hervorgerufener Gegensatz zu betrachten sein nach Festus p. 165. Müll.: Nepotes sunt luxuriosae vitae homines appellati, quod non magis his res sua familiaris curae est, quam iis, quibus pater avusque vivunt.

4) Wenn letztere Stellen auch unmittelbar auf Producte der heimischen Komiker gehen, so macht doch einerseits das Unzuverlässige in der Angabe des Scholiasten zu A. P. 238, (er redet von Lucilischen Komödien), andererseits die Notiz des Stob. VI, 30 (Meineke Com. fragm. IV. p. 511.) Pythias sei auch eine Figur bei Phönicides gewesen, es wahrscheinlich, daß dem Horaz wenigstens neben Cäcilius und Terenz auch deren Muster bekannt waren. Offenbar aber sind Griechische, nicht Lateinische Muster Sat. I, 10, 40—42 erwähnt für Fundanius, qui excellebat in comoediis ad Menandri, Philemonis, Diphili exempla componendis.

das directe Citat aus einem Stücke des Cratinus [1]), einige glücklich benutzte Sen-
tenzen, wie Od. I, 31, 17 der der Lage des Dichters durchaus entsprechende Soccus
des Menandrischen Gebetes, Sat. I, 1, 62 der von einem Unbekannten entlehnte echt
komische (γελοῖος καὶ σπουδαῖος) Grund [2]), Sat. I, 1, 74 die in Züchtigkeit mit Menander wetteifernde Aufzählung und Umschreibung von Naturalien, dagegen Sat. I, 2, 92
die effectvolle Naivetät der uno ore mit Philodem gethanen Exclamation [3]), Od. III, 1,
5—15 die wortreiche Amplification der Philemonischen Grundzüge bei Meineke p. 366,
Sat. I, 3, 25—37 der mit selbstständiger Gelehrsamkeit ausgeschmückte locus communis
des Menander und Epist. I, 2, 59 die ebenfalls exegetisch wiedergegebene Warnung desselben,
der sich Epist. I, 18, 71 coll. A. P. 390 als kurze Summirung des weitläufigeren
Griechischen Musters gegenüberstellt [4]), endlich der Epist. I, 19 kräftig abschließende
λόγος αὐξόμενος des Epicharm; einige äußerst feine Nachzeichnungen, wie das
Od. III, 1, 1—4 in wenig Worten skizzirte ἐπίρρημα des Arist. Ran. 357 sqq., Epist.
I, 5, 16—20 das die Züge von Arist. Eqq. 91 sqq. tragende Loblied der Trunkenheit
(vgl. Wieland z. a. O.) und die Epist. I, 7, 46 sqq. mit dem Griffel des Machon ent-
worfene heimische Anekdote [5]); einige wunderbar drastische Bilder, wie Od. I, 27, 19 die
Charybdis und Chimaira nach Anaxilas ap. Athen. XIII, p. 558, Od. III, 15, 4 die
ὡραία σορός des Arist. Vesp. 1355., Epist. I, 15, 29 sq. der mit Theocr. ιέ, 147
aus einer Quelle geschöpfte impransus non qui civem dignosceret hoste, (geschickt wieder
verwandt zur Schilderung Epist. II, 2, 28 sq.), ibid. v. 31 die pernicies et tempestas
barathrumque macelli nach Alexis ap. Athen. VIII. p. 742. D., der in A. P. 249 ver-
sinnlichte δῆμος κυαμοτρώξ des Arist. Equ. 41, an welches alles sich das herrliche Spiel
mit Namen wie Pediatia Sat. I, 8, 39., Alpinus Sat. I, 10, 36., Malthinus Sat. I,
2, 25. anschließt; endlich einige besonders kräftige Phrasen, wie Od IV, 9, 12
ardere comtos crines nach des Arist. Eccles. 954. ἔρως τῶν βοστρύχων, Sat. I, 10,

---

1) Orell. in l. l.: In Πυτίνη hoc edixisse videtur. Vgl. Meineke fragm. Com. II, 1. p. 119.

2) Nach Jacobs Lectt. Venus. p. 383. auch von Plut. περὶ φιλοπλουτ. p. 526. C. citirt.

3) Daß er die neckische und komische Darstellung um ein Haar streifende Epigrammendichtung des Phi-
lobem mit Vorliebe gelesen, geht deutlich hervor aus dem Citat Sat. I, 2, 121.

4) Einen gleichen Charakter trägt Epist. I, 2, 62, da die auf Philemon bei Mein. p. 417 zurückge-
führte Sentenz in brevis einen wichtigen Zusatz mehr enthält, welcher vielleicht aus gleicher Quelle
mit Themistius Orat. I. p. 7. D. floß.

5) Orell. in l. l.: Totus huius narrationis tenor prorsus me admonet narrationum Machonis
comici et magistri Aristophanis grammatici, quas ex Athenaeo collegit Grotius. Eadem enim
inest festivitas ac lepos cum leni εἰρωνείᾳ coniunctus. Notus erat pater L. Philippi cos. et
propter eloquentiam et propter multas facetias. Iam inter illius apophthegmata haec quoque
historia aetatem tulerat usque ad Horatium. Vor Machon hatte dasselbe Thema behandelt Xenoph.
Cyrop. VIII, 3, 35 sqq.

41 deſſelben *οἰμώζειν λέγω*, Sat. II, 7, 42 deſſelben *αἰσχυνόμενος ὀνόματι περιπέττων τὴν μοχθηρίαν* und Epiſt. I, 1, 14. der Menandriſche Ausdruck (Mein. p. 26.) *εἰς πέλαγος αὑτὸν ἐμβαλεῖς γὰρ πραγμάτων*: dies dürfte die Summe der Stellen ſein, wo Horaz unmittelbar und offen in die Fußſtapfen der Griechiſchen Komiker trat. Dagegen iſt als Reſultat gerade dieſer Studien anzuſehen, was Bernhardy Röm. Littg. 2. Aufl. p. 481 über die Horaziſche Nachahmung überhaupt bemerkt, daß, „wie viel immer von Reminiſcenzen und Griechiſchen Blumen die Odenſammlung enthält, doch Sermonen und Epiſteln reicher am feinen Reiz der Griechiſchen Darſtellung, beſonders in der komiſchen und dialogiſchen Konverſation ſind und das Attiſche Korn bis in kleine, durch Horaz eingebürgerte Wendungen verarbeitet haben.“ — Freilich ermöglicht die rohe Zerrüttung gerade der Griechiſchen Komödienlitteratur es in den wenigſten Fällen, die hier ganz beſonders feinen und leiſen Beziehungen zwiſchen Muſter und Copie zu ſpe-cialiſiren, wenn dies auch die Grenzen einer Partialunterſuchung geſtatteten; allein es genügt des Horaz eigene beſtimmte Ausſage, von wem und was er hier entlehnt habe, zumal aus ſeinen Worten deutlich hervorgeht, daß es ſich hier weniger um Einzelgut, als um eine totale gleichſam ins Blut übergegangene komiſche Bildung handelt. Betrachten wir alſo die Worte deſſelben Sat. I, 10, 7 sqq. genauer.

Zunächſt ſteht feſt, daß, wenn der Ausſpruch: Illi scripta quibus — imitandi auf ridiculum acri — secat res, als das Reſumé der geſammten von v. 7 an begin-nenden Expoſition, ſich bezieht, das hoc in v. 17. naturgemäßer und richtiger von Orelli durch: propter illas virtutes, als von Afron durch: eo ipso, quod ridicula eorum magis morderent, erklärt wird. Demnach aber unterſcheidet Horaz in den komiſchen Mit-teln eine niedere, auch von ſeinen Landsleuten Lucilius, Laberius u. a. cultivirte [1]), und eine höhere, von ihm beſonders erſtrebte und eingeführte Komik. Jener geſteht er, wenn auch einigen, doch ſehr beſchränkten Einfluß auf ſeine Productionen zu [2]), und da ihm von vorn herein das aus den alten Komikern gefüllte Salzfaß des Lucilius faſt völlig verſchloſſen war [3]), ſo dürfte man jenen Einfluß nur entdecken theils in der gefliſſentlichen Anwendung plebejiſcher Denk- und Ausdrucksweiſe [4]), theils in der nicht eben

---

1) v. 5 sq.: Nec tamen hoc tribuens dederim quoque cetera: nam sic Et Laberi mimos ut pulchra poemata mirer.

2) v. 8. Est quaedam tamen haec quoque virtus.

3) Vgl. Sat. I, 10, 3. coll. Sat. I, 4, 1 sqq. mit Sat. II, 1, 60—70.

4) Definition derſelben A. P. 247—249; Proben davon: crepare Sat. II, 3, 33. coll. Epist. I, 7, 84; buccas inflare Sat. I, 1l, 21; naso suspendere adunco Sat. I, 6, 5; caudam trahere Sat. II, 3, v. 53; titillare ibid. v. 179; dolare fuste Sat. I, 5, 23; coeno evellere plantam Sat. II, 7, 27; nasum supinari ibid. v. 38. Die Abſicht von dem allen erkennt ſich am deutlichſten aus Sat. II, 5, wo Tiresias einen ganzen Schatz ſolcher Diction entwickelt: eripiet quivis oculos mihi v. 35, ver-

spärlichen Rhyparographie, die weitentfernt durch ein ländlich sittlich erklärt oder wohl gar entschuldigt werden zu müssen, vielmehr durchweg als beabsichtigte Derbheit erscheint [1]), endlich in einzelnen Anspielungen auf Persönlichkeiten, wie simius iste Sat. I, 10, 18; cimex Pantilius ib. v. 78; Gorgonius hircum olens Sat. I, 2, 27; Hypsaea caeca ib. v. 95; Furius pingui tentus omaso Sat. II, 5, 40 (erklärt durch Epist. I, 15, 34 sp.); procera filia Nasicae ibid. v. 64, Noviorum minor Sat. I, 6, 121, ibique Orell. (Vgl. Weichert. Poet. Latt. rell. p. 289. 318 sq. 345. und Passow Leben und Zeitalter des Hor. p. LXV. Anm. 172. extr.). Zur höhern Komik d. h. zu den Mitteln, wodurch die Griechischen Komiker mehr als die Lachluft ihrer Hörer oder Leser befriedigten, rechnet er die Kürze und Schlagkraft der Darstellung, die Mischung von Ernst und Scherz, feine Ironie, alles mit dem Gesammtcharakter der Heiterkeit; denn nicht umsonst sind die Maßbestimmungen saepe, interdum und die nachdrückliche Summirung des Ganzen im ridiculum acri etc. Wenn nun auch jener Kürze und Bündigkeit sich Horaz fast in jedem Satze befleißigt [2]), so zeigt sich dieselbe doch besonders

1) in der **Straffheit, Lebendigkeit und organischen Gliederung des Dialogs**, mag derselbe in ganzen Stücken wie Sat. I, 1 zwischen Autor und Leser, Sat. I, 9; II, 1; II, 3; II, 4; II, 5; II, 7; II, 8 zwischen dramatisch aufgestellten Personen, oder stellenweise nach Art kleiner Episodien, wie Sat. I, 3, 19—23; I, 4, 12 sq.; I, 5, 56—70; II, 3, 260; II, 6, 36—39, 51—58; Epp. I, 7, 15—19, 62—64, 90—95; I, 16, 45—51, 73—79; I, 17, 61 sq.; II, 1. 36—44; 206; II, 2, 3—16, 36—40, 91—101; A. P. 326—330 durchgeführt werden;

2) in der **Kunst alle Ermüdung und Uebersättigung von seinen Lesern fern zu halten**, weniger ersichtlich in Wendungen, womit er sich selbst zügelt und mit

---

glichen mit der Priapenbetheuerung Sat. I, 8, 37; cassa nuce v. 36; pelliculam curare v. 38; plures adnabunt thunni v. 44 (Epist. I, 16, 49—51 zeigt deutlich das Plebejische dieser Ausdrucksweise); recoctus v. 55; ut canis nunquam absterrebitur a corio uncto v. 83; stare capite obstipo v. 92; rodere Epp. I, 14, 40; putere S. II, 2, 42; Ep. I, 19, 11; stertere S. I. 3, 18; Ep. II, 2, 27; ructari A. P. 457. Hierher gehören auch Formen wie erepsemus S. I. 5, 79; surrexe S. I, 9, 73; divisse S. I, 3, 169; submosses S. I, 9, 48; evasti S. II, 7, 68.

1) Die Bedeutung derselben richtig gewürdigt Sat. II, 7, 41: Verbis decoris obvolvas vitium? Sie zeigt sich weniger in den dicken Massen wie Sat. I, 2, als in Schilderung gelegentlicher Situationen, wie ἐσονειρωγμός Sat. I, 5, 82—85, des Muto-Monologs Sat. I, 2, 68—71, des Priapenschwurs Sat. I, 8, 37—39, des Knalleffects ibid. v. 46 sqq., des Sclavenumgangs Sat. II, 7, 47—50, und in Auswahl kräftiger Ausdrücke wie, um die Naturalien cauda, puga, nates etc. zu übergehen, cunnus für femina Sat. I, 3, 107, permolere Sat. I, 2, 35, permingere ibid. v. 44; commingere lectum S. I, 3, 90; oppedere Sat. I, 9, 70; superne peccare S. II, 7, 64; clunibus equum agitare ibid. v. 50; mingere in cineres patrios A. P. 471.

2) Princip A. P. 335 sq.: Quidquid praecipies, esto brevis, ut cito dicta percipiant animi dociles teneantque fideles.

Gewalt den Gang der Exposition beschleunigt, ändert oder abbricht[1]), als vielmehr theils in der geistreichen Weise blos ἐν παρόδῳ satirische Stiche zu versetzen, wie dem Fabius S. I, 2, 134; Galba ibid. 46; Crispinus S. I, 3. 139; Albius S. I, 4, 28; Pomponius ibid. 52; Albi filius ibid. 109; Scetanus ibid. 111; Noviorum minor S. I, 6, 121; Natta ibid. v. 125; Bolanus S. I, 9, 11, Naevius S. II, 2, 68; Trausius ibid. 99; Pupius Epp. I, 1, 67, theils in der feinen Berechnung, der Phantasie der Leser möglichst großen Spielraum zu eigner Thätigkeit zu lassen, wozu nicht nur rasche Uebergänge παρὰ προσδοκίαν, wie Od. III, 29, 11 sq.; S. I, 3, 19; I, 4, 23; 28; S. II, 3; 8; 17; 31; Epist. I, 1 fin.; I, 2 fin.; nicht nur die Fragen, deren Beantwortung dem Leser überlassen wird, wie S. I, 1, 7; II, 2, 27; 33; 88; 108 111; sondern vor Allem der Abbruch gegenüber dem Wunsche des Lesers nach Mehr, wie besonders am Schlusse von S. I, 5; I, 9; II, 3; II, 5; II, 7; Epp. I, 7, 95, beitragen;

3) in der kühnen und doch die Deutlichkeit nirgends beeinträchtigenden Kürzung der Rede. Denn außer gehäuften Asyndetis, wie S. I, 7, 20 sqq. I, 8; 23 sqq.; I, 9, 76 sqq.; II, 6, 48 sqq.; II, 7, 72 sqq.; Epp. I, 1, 98 sqq.; I, 2, 51 sqq. u. a., pflegt er auch sonst die Partikeln in Bedingungs=Adversativ= und Zeitsätzen wegzulassen, wie S. I, 3, 15 sqq.; S. I, 9, 1; I, 10, 81; II, 1, 16; 54; II, 2, 15; 21; II, 5, 10; II, 7, 32; A. P. 101; 476, oder willführlich mit ihnen zu verfahren, wie S. I, 10, 1; II, 6, 82. Ganze Verba werden unterdrückt, nicht blos Begriffe des Seins wie S. I, 5, 2; I, 6, 52; I, 8, 3; A. P. 361, oder des Sagens wie S. I, 2, 46; I, 4, 109, 111, 122, 124 u. s. w., sondern auch bestimmtere wie excepit S. I, 5, 3; prodest S. I, 6, 24; obtulit I, 6, 54; contra facit Epp. I, 2, 10; vult recte vivere Epp. I, 6, 29, ganze Formeln wie quomodo fiat S. II, 1, 50; qui egeat II, 2, 103; probe nosti S. I, 6, 12, wonach nicht auffällt, wenn S. II, 2, 107 posthac, Epp. I, 7, 2 atqui, Epp. I, 10, 8 quid quaeris ganze verbindende Gedanken vertreten. Dazu nehme man die kurze Ausdrucksweise bei Vergleichungen wie S. I, 3, 9; I, 5, 33; ibid. 41; I, 6, 110; ibid. 124; wobei besonders die wundervolle Vermischung des Bildes und des Verglichenen zu betrachten, wie sie besonders hervortritt in A. P. 472 sqq; das Zeugma nemo S. I, 1, 3, vitiis Epp. I, 19, 17; den raschen Strukturenwech-

---

1) Bemerkenswerth ist der häufige Gebrauch derselben in Sat. I, 1, wie cetera de genere hoc v. 13. ne te morer audi v. 14, denique sit finis quaerendi v. 92. non longa est fabula v. 95, iam satis est v. 120, während er später sparsamer damit umgeht, wie ne longum faciam Sat. I, 3, 137; agedum pauca accipe contra S. I, 4, 38; hactenus haec ibid v. 63; quid multa S. I, 6, 82; Epp. I, 7, 62; ne te longis ambagibus ultra quam satis est morer ibid. v. 82, ad Regem redeo S. I, 7, 9: singula quid memorem S. I, 8, 40; inquam S. I, 10, 64; non dices hodie, quorsum haec tendant S. II, 7, 21. Als eine Abschwächung und Verfeinerung dieses Mittels sind die häufigen Selbsteinwände mit an und at zu betrachten, wie S. I, 1, 76; 88; I, 2, 59; 103; I, 3, 22; I, 6, 40 sqq.; I, 10, 3; 20; 23; 50; 74; S. II, 2, 40.

fel S. 1, 2, 84, die Strukturen-Attraction und Verschmelzung S. I, 4, 24; I, 6, 15; I, 4, 102; II, 6, 13; und man wird selbst aus dieser gedrängten Uebersicht sich ein Urtheil bilden können von dem Reichthum und der Mannigfaltigkeit der dem Horaz zu Gebote stehenden Mittel, jene von ihm so gepriesene brevitas zu erreichen.

Künstliche und doch natürliche **Mischung von Ernst und Scherz,** der sermo modo tristis, saepe iocosus, defendens vicem modo rhetoris atque poetae, ist die zweite und zwar eine Hauptfrucht [1]) der Griechisch-komischen Studien des Horaz. Indem er den Ernst der Darstellung als vicem rhetoris bezeichnet, hält er es offenbar weniger für die Pflicht des Satirikers, unmittelbar (wie S. 1, 1, 80 sqq.; 106; 117 sqq.; I, 2, 24: 15—54; 60—62; 109—116; I, 3, 24—28; 55 sqq.; 66—72; I, 6, 70—100, I, 10, 78—90 und in der ganzen zweiten Satire des zweiten Buches) auf Besprechung ernster Gegenstände einzugehen, als vielmehr durch gebotene eindringliche Darstellung auf Verstand oder Gewissen der Leser zu wirken [2]). Die Erfordernisse dieser Rhetorik erfüllen daher bewundernswürdig.

1) jene pathetischen Stellen, in denen Horaz, durch sein leicht erregbares Gemüth bewegt, seinen Empfindungen einen ebenso gewaltig ergreifenden als natürlichen Ausdruck giebt, wie der Bewunderung alles wahrhaft Anerkennungswürdigen S. 1, 4, 60—62; S. I, 10, 46—49; A. P. 140—152, dem Abscheu vor böswilliger Verleumdung S. I, 4, 79—103, der tiefsinnigsten Freundesliebe S. I, 5, 39—44, der Verachtung niedrigen Neides S. I, 6, 40-48; II, 1, 74—79; Epp. I, 20, 20 sqq., sowie plebejischer Vorurtheile Epp. I, 1, 51—59; I, 6, 36 sqq., der hingebenden und doch würdevollen Verehrung des Mäcen S. I, 6, 49—64; Epp. I, 1, 103—105; I, 7, 22—24; 37—39, der kindlichen Liebe und Dankbarkeit gegen seinen Vater S. I, 6, 65—92, der stolzen Entrüstung über unwürdige Tadler S. I, 10, 76 sqq.; über erbärmliche Nachtreter Epp. I, 19, 19 sqq. und eitle Dichterlinge A. P. 295—302, dem edlen Selbstbewußtsein Epp. I, 19, 21 sq., 32—34, dem unwiderstehlichen Drange zum Dichten S. II, 1, 57—60, wie zum Philosophiren Epp. I, 1, 20—26, der Freude an seinem Sabinum Epp. I, 16., der Begeisterung für ein mäßiges tugendhaftes Leben S. II, 2, 77—111; Epp. I, 10, 30 sqq. wie für eine stille ländliche Muse S. II, 6, 60 sqq.; Epp. I, 10, 8 sqq.; I, 11, 8 sqq.; I, 14, 32 sqq.

2) die Summe aller derjenigen rhetorischen Sprachmittel, wodurch die Kraft und Macht der Horazischen Darstellung belebt, geschwellt und auf allen Punkten schlagfertig gemacht wird: ein Reichthum an Epanaphoren, wie des Relativs S. I, 2, 50; I, 4, 81—85; Epp. I, 16, 41; I, 18, 21; des Demonstrativs S. I, 2, 53; Epp.

---

1) A. P. 343 sq. Omne tulit punctum, qui miscuit utile dulci lectorem delectando pariterque monendo.

2) A. P. 93: Interdum tamen et vocem comoedia tollit.

I, 3, 28; II, 2, 67; I, 1, 54; I, 2, 63; A. P. 198; 345; 365; 386; von si S. II, 1, 83; Epp. I, 6, 17; von ita A. P. 225; ne Epp. I, 5, 22; at S. I, 3, 32; non Epp. I, 4, 21; nunc Epp. I, 2, 67; II, 1, 95; II, 2, 173; est S. I, 2, 58 Epp. I, 1, 57, oftmals verſtärkt durch die tripartita oratio wie dura Od II, 13, 27 sq.; reddes Epp. I, 7, 25; per Epp. I, 1, 46; si S. II, 3, 111 (glänzende Periode), Epp. I, 13, 3; I, 17, 6; seu S. II, 1, 57; Epp. I, 3, 23; ita A. P. 225; non Epp. I, 2, 47; nec S. II, 2, 129, welche Dreitheilung der Rede er überhaupt liebt Epp. I, 6, 62; I, 13, 13; I, 16, 61; II, 1, 2; II, 2, 214, und verbunden mit einer gradatio S. II, 2, 130; ferner die einfache Wiederholung desselben Begriffs wie monitus multumque monendus Epp. I, 3, 15; iam nunc dicat iam nunc debentia dici A. P. 43; licuit semperque licebit A. P. 58; unda supervenit undam Epp II, 2, 176, markirt durch Nebeneinanſtellung wie utilis utilis Epp, I, 16, 14; vitio vitium Epp. I, 18, 5; verbo verbum A. P. 133; magno magnum S. II, 2, 39 [1]), oder durch die Anapher, wie non ego S. I, 6, 58; Epp. I, 19, 37; ego — ego, primus — primus Sat. II, 4, 73 sq.; fuerit S. I, 10, 64; quantum S. II, 2, 127; paret S. II, 3, 185; di Epp. I, 4, 6; quinque Epp. I, 14, 2; longa Epp. I, 1, 20; carmine Epp. II, 1, 137; quicunque A. P. 227; versate A. P. 269; Graiis A. P. 323; dives A. P. 421; ferar Epp. II, 2, 200; dictus A. P. 393; vel quia Epp. II, 1, 83; est ubi Epp. I, 10, 15; laudat und appellat S. I, 7, 23 — 25; oder durch die Conversio wie Catonem — Catonis Epp. I, 19, 13; viator I, 5, 16 sq.; si quis S. II, 1, 83 sq.; rem Epp. I, 1, 65; regibus uti Epp. I, 17, 13; ut non Epp. I, 18, 16; libertino patre natum S. I, 6, 45, oder durch beide Figuren wie garrulus — loquaces S. I, 9, 33; utrinque, undique ibid. v. 77 sq.; illum, ille, illum S. II, 2, 129 sqq.; fortes, fortiaque ibid. v. 135 sq.; ordo Ordinis A. P. 41; dixi — dixi Epp. II, 2, 20; quo patre natus Epp. I, 6, 29 und quo patre sit natus v. 36; aeque — aeque Epp. I, 1, 25; grandes — grande S. II, 2, 95, oder durch iſokoliſche Satzformation Epp. I, 1, 33: fervet avaritia — sunt verba; laudis amore tumes — sunt certa piacula, und ſich ſteigernd bis zur wirklichen Anadiploſe: Epp. I, 1, 53; Sat. I, 6, 18; Epp. I, 16, 59 coll. Od. II, 14, 1; III, 3, 17. Nicht minder mannigfach und kunſtreich iſt die antithetiſche Darſtellung bei Horaz, sei es in einzelnen Worten wie demens — sanus S. I, 6, 67; tempestas melior, via peior S I, 5, 96; urbis amatores — ruris amatorem Epp. I, 10, 1: secundae — mutatae ibid. 30; sequi — ducere ibid. 48: maiora minorane Epp. I, 11, 3; dicenda tacenda Epp. I, 7, 72; publica privatis, sacra profanis Epp. I, 16, 54; caelum — animum Epp. I, 11, 27;

---

1) Die Wirkung dieses Mittels ſtellt ſich am deutlichſten heraus Sat. II, 6, 80 sq.: Rusticus urbanum murem mus paupere fertur Accepisse cavo, veterem vetus hospes amicum und Epp. I, 18, 8: dum volt libertas dici mera veraque virtus.

imberbes — senes Epp. II, 1. 85; extremi primorum, extremis usque priores Epp. II, 2, 204; amphora — urceus A. P. 21; facta — sermonum A. P. 68; serpentes avibus, tigribus agni A. P. 13. coll. 30; nescire — discere A. P. 88; 418; defendere — vertere A. P. 442; ardentem frigidus A. P. 465; und gewählt: venit vilissima rerum S. I, 5, 88; introrsum turpem, speciosum pelle decora Epp. I, 16, 45, sei es in ganzen Satzgliedern und Perioden wie S. I, 3, 1 — 19; 42 — 53; Epp. I, 2, 33 sq.; I, 7, 1 sq.; I, 16, 33 sq. I, 15, 17 sq. I, 14, 10 sq.; 19 — 22; I, 18, 89 sqq.; II, 1, 181; A. P. 25 sqq.; 70 sq.; 88 sqq.; und gesteigert zum Oxymoron Epp. I, 11, 28; I, 12, 19; A. P. 465; Od. I, 34, 2; Od. II, 12, 16. Fügt man hierzu den malerischen Ausdruck der Gedanken, wie das Hyperbaton S. I, 8, 7; das Asyndeton S. I, 9, 1; den Cäsurenmangel A. P. 98; zu vergl. die fünfmalige weibliche Cäsur in der 14 und 15. Strophe des Carm. Saec. (Orell. p. 621); das repetirende ὁμοιοτέλευτον Epp. I, 14, 7 (zu ganz anderem Zwecke angebracht, als die ὁμοιοτέλευτα in A. P. 99 sq. und 176 sq); den Daktylen-Rhythmus Epp. I, 2, 43; I, 7, 8; A. P. 17; die Spondeenhäufung S. I, 8, 16; II, 2, 39, das alles gesteigert bis zur feinsten Klangbenutzung S. II, 5, 39; Epp. I, 10, 21 coll. Od. II, 3, 11; Carm Saec. v. 26 ibiq. Orell; fügt man ferner hinzu das Feuer rhetorischer Fragen, besonders fühlbar in S. I, 2, 102 sqq.; I, 10, 78 coll. S. II, 4, 83; S. I, 10, 51 — 55; II, 102 — 111; Epp. I, 1, 42 - 51; I, 2, 37 — 39; I, 6, 5 — 8; 12 — 14; II, 2, 205 sqq.; A. P. 53 — 56; das Drastische kategorischer Imperative, wie in S. II, 3, 6; Epp. I, 2, 40; Epp. I, 7, 15; S. I, 10, 92; Epp. I, 6, 17; Epp. II, 2, 76; den Nachdruck der Apostrophen und Exclamationen in S. I, 2, 92; I, 5, 24; 43; I, 6, 24; 107 — 111; I, 9, 11; 72; I, 10. 21; 81 — 86; 90 sqq.; II, 1, 42; 60; II, 2, 40; 92; 107; II, 4, 88; II, 6, 60; 63; 65; Epp. I, 19, 19; A. P. 268; 291; 301; 366; endlich die geschickte Temperirung des Asyndeton und Polysyndeton, außer den oben angeführten Stellen noch besonders hervortretend in S. I, 2, 98; I, 6, 131; I, 8, 49 sq.; II, 1, 86; Epp. I, 6, 56; 68; I, 7, 53 — 59; II, 1, 64 — 68; 121 — 132; 191 — 193; 203; II, 2, 56; 67; A. P. 11; 72; 83 — 85; 120 — 124; 145; 160; 163; 172; 224; 280; 307; 397; 404; 445; so wird man einsehen, in welchem Umfange und welcher Stärke Horaz jenen sermo defendens vicem rhetoris beherrschte.

Aber dieser sermo soll überwiegend (saepe) gemischt und versetzt sein mit dem sermo iocosus, als dessen Ziel er A. P. 344 coll. v. 377. die delectatio lectorum angiebt und den er wohl unterscheidet von der virtus risu diducendi rictum auditoris; denn er ist Sache nicht des risor (A. P. 225.), qui asper iocum tentans et captans risus hominum famamque dicacis quavis amat adspergere cunctos, sondern des poeta, qui apte vertit seria ludo ac scit inurbanum lepido seponere dicto. In jener virtus müssen die Griechen den Römern weichen (Sat. I, 7, 32.), von dieser Kunst sind sie die alleinigen Lehrer (A. P. 323 sq.) und wie gerade sie sich Horaz zum Muster wählte, dafür spricht am deut-

lichften, daß nicht ein einziger feiner Scherze einen blos örtlichen oder momentanen Charakter trägt, fondern alle zu allen Zeiten gleich verständlich und genießbar find. Obwohl
es uns daher nicht einfallen noch zugemuthet werden kann, jenen flüchtigen, neckischen, gau-
kelnden Dämon des Scherzes und der Laune, der faft hinter jedem Worte der Horazifchen
Satiren und Epifteln hervorfchaut, zu erhafchen, zu zergliedern und als häßliches Skelett
unfern Lefern vor Augen zu legen, fo dürfte es anderer feits gar fehr im Intereffe unferer
Unterfuchung liegen, ihn infoweit zu bannen, daß er uns wenigftens feine Schatzkammern
und Lieblingsfitze zeige, oder, ohne Bild, daß wir aus der Maffe des hier überreichen
Materials einige Hauptgefichtspunkte gewinnen und feftftellen, die als Quellorte das
Attifche Salz zu Tage förderten, als technifche Mittel und Anhaltepunkte von Horaz bei
der Komikerlektüre entdeckt, beobachtet und benutzt wurden. Da auch hier ihn das oben
erwähnte rein formale Prinzip leitete, fo find Diftinktionen und Definitionen, wie fie z. B.
Cic. de Or. II, 54—57 in Hinficht des Stoffes gemacht hat, nicht maßgebend, vielmehr läuft Alles auf Angabe und Betrachtung der Motive und Kräfte hinaus, die neben
dem utile das dulce in Horazens Gedichten erzeugten. Obenan fteht hier jene malerifche
Plaftik, die, unterftützt von einer bis in's Kleinfte gehenden Beobachtungsgabe und
bewundernswürdigen Mikrotechnik, Scenen, Situationen, Ereigniffe in finnlicher Wahrheit
und dramatifcher Lebendigkeit vor Augen führt, wie die Verhandlung des Jupiter mit den
unzufriedenen Menfchenkindern S. I, 1, 15—19, die Ueberrumpelung der Ehebrecher
S. I, 2, 125—133, der Rückzug der Hexen S. I, 8, 47 sqq., das certamen mit Cris-
pin S. I, 4, 14—20, die Wafferfahrt S. I, 5, 11—23, eine Nacht in Benevent ibid.
71—76, erfte Audienz bei Mäcen S. I, 6, 56—66, ein Tag aus dem Leben des
Dichters ibid. 100—131, der unglückliche Poet S. II, 3, 3—8, fatales Zufammentreffen
mit dem unleidlichen Schwätzer S. I, 9 (durchaus dramatifch), Begegnung zweier aufge-
blafenen Narren Epp. II, 2, 87—101, der zum Schmaufe eilende Herr S. II, 7, 29
—35, die getäufchten Parafiten ibid. 36—39, Unfall beim Schmaufe S. II, 8, 54—59,
ländliche Bewirthung S. II, 2, 114—125, Mahl eines Geizhalfes ibid. 55—62, der
Schulweg S. I, 6, 72—75, eine Schulftunde A. P. 326—330, Straßenfcenen: Gedränge
auf der Hauptftraße Epp. II, 2, 72-75, Verfolgung eines Philofophenaffen S. I, 3,
133—136, eines rafenden Dichterlings A. P. 457 sqq., eines Tollkopfs S. II, 3, 57—
62, woran fich die deiktifchen Darftellungen in S. I, 1, 68—70, I, 9, 47, S. II, 3,
30 sq. fchließen. Nahe verwandt mit diefer plaftifchen Schilderung ift die Kunft, Erzäh-
lungen, Anekdoten und Fabeln, wie fie eigene Erfindung, Tradition oder tägliche
Erfahrung darboten, gefchickt anzubringen, reizend auszuführen und weife für feine Zwecke
zu benutzen, erfichtlich in Stellen wie Sat. I, 1, 57 sq.; 64—67; 95—100; I, 2, 31—
35; 55—57; I, 3, 21—23; 130 sqq.; I, 5, 51—70; I, 9, 29—34; I, 10, 61—
64; 76 sq.; II, 3, 30; 60—62; 100—102; 142—157; 168—186; 254; 299;
314—320; II, 5, 84—88; II, 6, 77—117; Epp. I, 2, 42 sq.; I, 3, 18—20; I, 6,

40—44; 57—61; I, 7, 46—94; I, 10, 10 sq.; 34—38; 42 sq.; I, 12, 9; 12 sq.;
I, 15, 26—41; I, 17. 13—15; 18—20; 22; I, 17, 50 sq.; 58—62; I, 19, 15
sq.; I, 20, 15; II, 1, 232—234; 237—241; II, 2, 26—40; 87—89; 128 - 140;
167—171; A. P. 463—466. Die hier entfaltete feine, kühn und treffend zeichnende
Kunst glänzt auch in der Miniaturmalerei der Bilder und Gleichnisse, mögen sie in
ausgeführten Gemälden, wie das der Malcontenten S. I, 1, 4—12, des süßen Schul-
meisters ibid. 25 sq.; der Ameise ibid. 32—38, des Sclavengefolges ibid. 46—49,
des Eselexercitiums ib. v. 90 sq., des Wettrennens v. 114—116, des Pferdehandels S. I,
2, 86—89, des litterarischen Wucherers S. I, 3, 86—89, des eitlen Schürzenjägers
S. I, 6, 30—33, der launigen Verrückten S. II, 3, 214—218; 247—249, der Kin-
derspiele Epp. I, 1, 59 coll. A. P. 417; 457, des abgeschmackten Gastmahls A. P. 374
—376, des wildgewordenen Bären A. P. 472—476, oder in wenigen Strichen und
Umrissen bestehen; denn auch hier werden sie eine unerschöpfliche Quelle des pikantesten Witzes,
des feinsten Scherzes, wie wenn er S. I, 3, 10. Schnelligkeit und Langsamkeit an einem
fugiens hostem und Iunonis sacra ferens mißt, S. I, 2, 90. coll. I, 3, 25. Scharfsich-
tigkeit oder Verblendung veranschaulicht durch die Vorstellung eines Lynceus, aquila, ser-
pens Epidaurius oder eines oculis lippus inunctis und einer Hypsaea, S. I, 3, 110
die Rohheit der alten Kriegführung charakterisirt durch: alterum viribus editior caedebat,
ut in grege taurus, oder S I, 4, 30 die Hast des gewinnsüchtigen Kaufmanns durch:
per mala praeceps fertur, uti pulvis collectus turbine, ebendas. v. 126 den heilsamen
Erfolg der Betrachtung fremder Fehler durch: avidos vicinum funus ut aegros exanimat
mortisque metu sibi parcere cogit, S. I, 6, 66 theilweise moralische Schlechtigkeit durch:
veluti si egregio inspersos reprehendas corpore naevos, S. I, 7, 27 den Redefluß des
Schmähenden durch: flumen ut hibernum fertur quo rara securis, S. I, 10, 24 die Wirkung der Sprachmengerei durch: ut Chio nota si commixta Falerni est; wenn er ferner
die Bücher vergleicht mit fidis sodalibus, quibus arcana creduntur S. II, 1, 30 und
ebendas. v. 33 die Lucilische Darstellung mit einer tabula votiva. Wahrhaft sprudelnd
aber ist die Laune in den Vergleichen S. I, 4, 143: veluti te Iudaei cogemus in hanc
concedere turbam, S. I, 5, 91: locus aquae non ditior urna coll. Epp. I, 14, 23:
iste angulus feret piper et thus ocius uva, S. I, 9, 20: demitto auriculas ut iniquae
mentis asellus, S. II, 1, 20: recalcitrat undique tutus, ibid. 40: hic stilus me veluti
custodiet ensis vagina tectus, v. 55: mirum, ut neque calce lupus, neque dente petit
bos, S. II, 8. 13: ut Attica virgo cum sacris Cereris procedit fuscus Hydaspes, Epp.
I, 18, 26: dives amicus veluti pia mater plus quam se sapere et virtutibus esse prio-
rem vult, A. P. 419: ut praeco, ad merces turbam qui cogit emendas, assentatores
iubet ad lucrum ire poeta dives, ibid. 415: veluti merulis intentus auceps decidit in
puteum, und die Cumulirungen Epp. I, 13, 13—15: ne forte sub ala fasciculum por-
tes librorum, ut rusticus agnum, ut vinosa glomus furtivae Pyrrhia lanae, ut cum

5 *

pileolo soleas conviva tribulis, A. P. 453: Ut mala quem scabies aut morbus regius urget, aut fanaticus error et iracunda Diana, vesanum tetigisse timent fugiuntque poetam. Einen eigenthümlichen Genuß weiß Horaz wie Plato seinen Lesern zu verschaffen durch die häufige und geschickte Einflechtung von Sprüchwörtern und sprüchwört= lichen Redensarten nicht blos in Satiren wie I, 1, 39; 85; 90; 96; 110; 2, 90; 5, 88; 6, 22; 7, 8; 9, 20; 59; II, 2, 89; 94, 99; 3, 35; 5, 8; 83; 6, 13; 35; 7, 20; 70 und Episteln wie I, 1, 60; 2, 14; 40; 5, 25; 6. 34; 7, 98; 12, 24; 14, 43; 17, 20; 36; 55; 18, 25; 86; II, 1, 176; 199; 210; A. P. 9; 19—21; 139; 437, sondern auch in Oden wie I, 29, 10; 33, 7; 34, 12; 35, 26; II, 1, 7; 2, 13; 3, 1—4; 8, 1; 10; 5; 9—12; 11, 11; 16, 27; 18, 40; III, 1, 17; 18; 3, 4; 9, 4; 15; 22; 10, 10, 21, 13; 29, 32; 41; 43; IV, 3, 19; 7, 14—16; Epod. IV, 1; XII, 25; XVI, 25. Mit den Komikern und Plato wetteifert er an Witz und Munterkeit der Parodien wie Sat. I, 1, 21; 36; 68; 100; 114; 2, 37; 68; 5, 5; 9; 51; 74; 92; 6, 23; 7, 10—18; 8, 23; II, 1, 34 sqq.; 3, 16; 57; 71—73; 140; 190; 222; 4, 94; 5, 1; 20; 39; 6, 93—97; 100; Epp. I, 2, 6—8; 27; 7, 92; 8, 4—6; 11, 29; 18, 105, wobei ein Zusammenhang von Stellen wie Od I, 12, 13 und Sat. II, 6, 20—23; Od. I, 12, 26 und S. II, 1, 26 sqq; Od. I, 12, 45 und Epp. I, 1, 80; Od. I, 24, 5 sqq. und S. II, 5, 101 sq.; Od. I, 34, 12 sqq. und S. II, 8, 61 sqq.; Od. IV, 2, 5—8 und S. I, 7, 27; I, 10, 62; Od. IV, 9, 12 und S. I, 3, 107 sqq. im Verhältniß von Selbstparodien auffällt. Fast noch reichhaltiger und reiner aber quillt das Attische Salz in den Darstellungsmitteln, die, alle Kraft der Laune und des Witzes gleich= sam in einem Worte concentrirend, als echte lumina die Rede erhellen. So die Benutzung officieller Ausdrücke und Formeln in ganz contrastirendem Zusammenhange wie in classe secunda in S. I, 2, 47; heredes monumentum ne sequeretur S. I, 8, 13; praescribe S. II, 1, 3; quiescas ebendas.; transnanto ib. v. 8; consule S. II, 3, 193; pauperet S. II, 5, 36; in vacuum ib. v. 50; quartae esto partis Ulixes heres ib. v. 100; adscripsit Epp. I, 19, 4; mandabo ib. v. 9; edixi ib. v. 10; sit ius liceatque A. P. 466., ferner die feinsten Dilogien wie plorare S. I, 10, 91; dormire S. II, 1, 7; mala ib. v. 82; tantos S. II, 3, 12; aliena v. 19; cum lucro v. 25; morbus v. 28; frustrere v. 32; mira v. 33 coll. S. II, 4, 7; domi S. II, 3, 232; mea cura S. II, 5, 36; aut erit aut non ib. v. 59; sanus Epp. I, 1, 108; pingui Epp. II, 1, 267 und die durchgeführten Dilogien Epp. I, 20; II, 1, 78 sqq., ergötzliche Hyperbeln wie sub galli cantum S. I, 1, 10; magnorum maxime regum S. I, 3, 136; Graecorum longe doctissimus S. I, 5, 3; plostra ducenta — tria funera S. I, 6, 42; mordicus S. I, 8, 27 (cf. Orell.); heroas S. II, 3, 93; sapientum octavus S. II, 3, 296; au- dire atque togam iubeo componere ib. v. 77 sqq.; praecepta qualia vicant Pythagoran S. II, 4, 2; ut nec frigidior Thracam etc. Epp. I, 16, 13 und Od. IV, 11, 25— 28 (cf. Orell.), ferner die Wendungen παρὰ προσδοχίαν wie malignis S. I, 5, 4;

poetis S. II, 3, 8; tonsore ib. v. 16; instructior Epp. I, 18, 25; columnae A. P. 373, womit eng zusammenhängt jene Methode, die Riedel in Epp. II, 1, 264 andeutet: „Solet Hor. saepius, postquam res serias tractavit, epilogum addere iocis facetiisque refertum, neque hoc solum in Epistolis et Satiris, ut Sat. II, 1; II, 4; II, 7; Epp. I, 1 (cf. Wieland. p. 58); I, 4; A. P., sed etiam in Carminibus, ut Od. I, 6; II, 3; Epod. II." Hieran schließt sich eine Reihe besonders fignifikanter Ausbrücke und Witz-wörter, wie ventri bellum indicere S. I, 5, 8; cerebrosus v. 21; repere v. 25; curtus S. I, 6, 104; iugulas S. I, 7, 35 coll. S. I, 10, 36; confice S. I, 9, 29; defricuit S. I. 10, 4; luteum ib. 37; caput scabere et vivos rodere ungues ib. v. 71; ictum caput S. II, 1, 19; numerus accedit lucernis ib. v. 25; extundere fastidia S. II, 2, 14; tergere palatum ib. v. 24; hiet ib. v. 32; dubia coena ib. 77; laborat S. II, 3, 7; minantis ib. 9; sapiens barba ib. 35; Ilionam edormire ib. 61; nodosus ib. 70; fecunda gens ib. 287; longa am Abovo-Anfange der Exposition de ovis S. II, 4, 12; devolat S. II, 5, 11; ruam ib. 22; anceps ius ib. 34; faba Pythagorae cognata S. II, 6, 63; trucidas Epp. I, 12, 21; praesepe Epp. I, 15, 28; rodere Epp. I, 14, 40; olere Epp. I, 19, 5; prosiluit ib. 8; dictant Epp. II, 1, 110; frigidus A. P. 465; homo A. P. 469. Noch verdient die genaueste Beachtung die absichtliche und künstlerische Anwendung der Cäsur nach dem 11. halben Versfuße [1]), sei es zur komischen Hervorhebung eines Wortes wie in S. I, 1, 62; 2, 3; 3, 81; 91; 124 sq.; 4, 95 (coll. I, 6, 60); 112; 121 sq.; 6, 44; 112; 7, 13; 9, 19; II, 1, 42 (coll. II, 3, 68 und Epp. I, 16, 6); 55; 82; 3, 6; 97; 232; 5, 59; 6, 35; Epp. I, 7. 26 (coll. Epp. II, 2, 75 und A. P. 139); 5, 6; 6, 39; 14, 11; 15, 25; 16, 32; 17, 20; 35; 42; 45; II, 1, 175; 2, 18; A. P. 78; 89; 135 coll. 224; 272; 328; 348; 426 [2]), wobei das Wort res eine besondere Rolle spielt S. I, 3, 121; 4, 32; 110; II, 2, 106; Epp. I, 6, 12; 12, 25; 14, 5; 16, 68; 75; 17, 23; A. P. 40; 148; 248;) sei es in neckischen Fragen und naiven Behauptungen, wie Sat. I, 3, 19; 21; 128; 4, 14; 70; 9, 69; II, 2, 7; 3, 152; 187; 213; 273; 5, 96; 6, 44; 54; 7, 3; 104; Epp. I, 1, 48; 2, 37; 6, 29; 16, 40; II, 2, 38; 99; A. P. 329.

Wer alle bisher erörterten Seiten der horazischen Darstellung überschaut, der wird eine Aeußerung wie Sat. I, 4, 39: Ego me illorum, dederim quibus esse poetis, excerpam numero für nichts als Ironie erklären können, jenen Grundzug im Wesen des Horaz, gefühlt schon von seinen Zeitgenossen (Sat. II, 6, 54: Ut tu semper eris derisor!), bewährt

---

1) Horaz hat diese Cäsur unendlich oft angewandt, aber künstlerische Zwecke erfüllt sie nur da, wo sie vor größeren Interpunktionen, Punktum, Kolon, Fragezeichen, selten vor Komma, eintritt.

2) Das Beabsichtigte tritt besonders hervor in Epp. II, 2, 99. wozu Orelli bemerkt: Interrogatio (scil sic expressa) suspensum habet lectorem inter dubiam expectationem, quem tandem illum nominaturus sit.

faſt in jeder Zeile ſeiner Werke, und von uns als weiterer Erfolg ſeiner Komikerſtudien genauer zu betrachten. Der Charakter der Horaziſchen **Ironie** iſt genau der der Sokratiſchen; zu dem damals ſehr zweideutigen urbani S. I, **10, 13**[1]) ſetzt er eregetiſch hinzu parcentis viribus atque extenuantis eas consulto, ſo daß er zum Hauptcharakter ſeiner Ironie jene Definition des Ariſtoteles ad Nicom. **4, 3** erhebt: ὁ δ᾽ εἴρων δοκεῖ ἀρνεῖσθαι τὰ ὑπάρχοντα ἢ ἐλάττω ποιεῖν. Wo er daher bei den offenbarſten Verkehrtheiten ſeiner Zeit als Bußprediger donnern könnte, da begnügt er ſich, entweder in ſchlichter Frage ſich an den geſunden Menſchenverſtand zu wenden, wie Sat. I, **1,** **80 — 83; 88 — 90,** oder höchſtens durch einige mit beſonderer ironiſcher Kraft begabte Wörtchen ſeine wahre Meinung anzudeuten, wie durch nimirum Sat. **II, 2. 106** (an Gewicht weit überbietend das ſcherzhafte nimirum Epp. I, 9, 1); credo Sat. II, 7, 68; nempe Epp. I, 10, 22; i nunc Epp. I, 6, 17 coll. Epp. II, 2, 76, oder durch augenfällige Gegenſätze den Widerſinn der Wirklichkeit darzulegen wie Sat. I, 1, 76: horum semper ego optarim pauperrimus esse bonorum, Epp. I, 2, 10: Quid Paris? ut salvus regnet vivatque beatus, cogi posse negat, Epp. I, 12. 10: Stertinium acumen, Epp. I, 15, 27: rebus maternis atque paternis fortiter absumptis (coll. Od. II, 16, 17: quid brevi fortes iaculamur aevo), Epp. II, 1, 266: nec prave factis decorari versibus opto, und die Ausführung Epp. II, 1, 28 — 33, oder mit ſchalkhafter Treuherzigkeit den Unſinn anderer als ſeine Anſicht auszugeben wie Sat. I, 9, 8; II, 6, 52 (deos); Epp. I, 1, 106; A. P. 466, oder endlich durch ganz gelegentliche und unſchuldige Wendungen und Ausdrücke die empfindlichſten Streiche zu verſetzen, wie die bewundernde Parentheſe Sat. I, 2, 81, die Erwähnung der Abſtammung des Tigellius Sat. I, 3, 3, die anerkennende Bezeichnung Mamurrarum urbs S. I, 5, 37, das naive maluit Sat. I, 8, 3, das vergleichende planius Epp. I, 2, 4, die Erwähnung des lauten Gebets an Apoll Epp. I, 16, 59 (cf. Orell.), die Aufführung des navigare und mercari unter den Sclavengeſchäften ibid. v. 71, die eifrige Lobrede auf die Jagd Epp. I, 18, 45 — 52 (cf. Orell.). Hieran ſchließt ſich eine Reihe antithetiſcher Prädikate, die gerade in ihrer Verkehrtheit beſſer als die beſte Strafpredigt Laſter und Schwächen geißeln, wie pia dextera Sat. II, 1, 54 von einem Muttermörder, simplex Natta S. II, 2, 68 von einem ſchmutzigen Geizhalſe, auctor praetorius ibid. v. 50 von einem durchgefallenen Präturkandidaten, juvenis aequus S. II, 3, 233 von einem leichtſinnigen Verſchwender, par nobile ibid. v. 243 von einem ſchurkiſchen Bruderpaare, vir bonus Epp. I, 16, 57 von einem Heuchler, perfectos veteres, viles

---

1) Die Erklärung Heindorfs zu S. I, 4, 90: „Ueberall wird urbanitas, urbanus homo nur von Witz und Laune gebraucht", wird nicht nur durch das minder deutliche urbanus Epp. I, 15 27, ſondern beſonders durch die frons urbana Epp. I, 9, 11. widerlegt, die geradezu Ausdruck des Griechiſchen κυνώπης iſt.

novos Epp. II, 1, 37 von der Stümperhaftigkeit der alten gegenüber der Vollendung der neuen Dichtkunst, nobilibus trimetris A. P. 259 von der Verskunst des Accius. Den Gipfel aber der feinsten Ironie bildet die des extenuantis vires suas consulto oder des fingentis sua minora, wie er Epp. I, 9, 8 sagt, welche, abgesehen von jener liebenswür= digen Parrhesie über eigene moralische und sogar physische Fehler und Schwächen [1]) wie in Sat. I, 3, 20; 29 sq.; I, 6, 65 sqq.; II, 3, 308; 321—326; II, 7, 111 sqq.; Epp. I, 1, 94; I, 15, 42 sqq.; I, 20, 26; sich besonders zeigt in seinen Urtheilen über eigenen Dichterwerth und seine litterarischen Lei= stungen, wie wenn er am Schluß von Sat. I, 5 von einer longa charta spricht, wenn er Sat. I, 4. 17 bekennt: Di bene fecerunt, inopis me quodque pusilli finxerunt animi, raro et perpauca loquentis (womit in gleichem Sinne der tenuis spiritus Od. II, 16, 38 zu fassen ist, wie schon die Parallele parva zeigt), wenn er Sat. II, 6, 21 den Ianus, unde homines operum primos vitaeque labores instituunt, zum Schutzgott seiner Poesie macht, wie er Od. IV, 2, 29 sqq. dieselbe mit der mühseligen Arbeit der Biene vergleicht, wenn er ferner Epp. I, 1, 10 seine Dichtkunst als res ludicra bezeichnet und Epp. I, 13, 6— 9 mit seinen Gedichten verfahren wissen will, wie Aristipp mit seinem Golde, wenn er Epp. I, 19, 45 Furcht vor seinen Gegnern äußert und Epp. II, 2, 105 sich darstellt als supplex populi suffragia captans, wenn er Epist. II, 1, 111—113 seine Verse= macherwuth bekennt, Epp. II, 2, 51 den Hunger als Vater seiner Poesie bezeichnet, eben= daselbst v. 91—94 sich mit eitlen Dichterlingen auf gleiche Stufe stellt und v. 126 sich über die Möglichkeit als scriptor delirus inersque zu erscheinen sich tröstet, ja endlich A. P. 306 seine Leistungen geradezu annullirt.

●

Studium des Archilochus.

5. Wenn so umfangreiche und gründliche [2]) Studien wie die bisher betrachteten begreiflicher Weise den Geist des Horaz völlig in Anspruch nehmen konnten und mußten, so dürfte wohl auffallen, wie einige Stücke der heutigen Epodensammlung ihn unzweifel= haft mitten unter diesen Studien schon mit Jambendichtung beschäftigt erscheinen lassen. Epode 16 in ihrem rücksichtslosen Freiheitsdrange den Dichter noch außer aller Verbindung mit Mäcen und Augustus zeigend, Epode 4 in ihrem Schlusse direct auf die Expedition

---

1) Das komische Prinzip, was hier obwaltete, zeigt deutlich Plut. Symp. 2, 1, 8: καὶ τῶν κωμικῶν ἔνιοι τὴν πικρίαν ἀφαιρεῖν δοκοῦσι τῷ σκώπτειν ἑαυτούς· ὡς Ἀριστοφάνης εἰς τὴν φαλακρότητα καὶ τὴν οἴνου δίψην Κρατῖνος τὴν Πυτίνην ἐδίδαξε.

2) Man kann hinzufügen: „schwierige“ nach des Horaz eigener Andeutung Sat. I, 10, 17 sqq., welche Orelli richtig versteht: Hoc in Demetrio modulatore reprehendit Horatius, quod neglectis propter difficultates exemplaribus Graecis (genauer Comicis) unice laudare et cantare (abtrillern) consuerit leviores illas nugas, quas dicebant, (bagatelles) Catulli et Calvi.

gegen Sextus Pompeius deutend, werden mit Nothwendigkeit in die Jahre **713 — 716** gesetzt. Allein betrachtet man die ungemeinen Schwächen der ersteren Composition sowie den die reinste Unmittelbarkeit und Natürlichkeit verrathenden Inhalt und Ton der zweiten, so erkennt man leicht, wie diese frühen Versuche, weit entfernt auf die Geltung von Kunstproducten Anspruch zu machen, einfach als Reflexe Lucilischer und Catullischer Lektüre erscheinen, denen auch bis um **720** keinerlei wesentliche Folge gegeben wurde. Nachdem er vielmehr bis zu dieser Zeit in den meisten Satiren des ersten und der zweiten des zweiten Buches eine mehr oder weniger glückliche Anwendung seiner Komiker-Studien versucht, tritt plötzlich ein Stillstand dieser Thätigkeit ein, der, beinahe ein Jahr anhaltend, erst durch den indiscreten Damasippus Sat. II, 3 zur Kenntniß der Mit- und Nachwelt gebracht wird. Horaz verstummt beinahe gänzlich; drei oder viermal setzt er zur Composition an, aber nichts gelingt, nichts genügt ihm. Und doch ist es nicht Erschlaffung, nicht momentanes Verschwinden seiner Dichtergabe, etwa ein Zustand wie der in Epist. I, 8, 3 sqq. naturgetreu gemalte; ein lebendiges Productionsstreben erkennt selbst Damasipp bei ihm an, und anstatt Zerstreuung zu suchen, in jenem Falle einziges und natürlichstes Mittel, meidet er Rom selbst während der lustigen Saturnalien und begräbt sich in seiner winterlich einsamen Villa. Und wie verließ er die Weltstadt? Neugierige Erwartungen hinter sich lassend (dic aliquid dignum promissis v. 6), mit gedankenvollem pläneschwangeren Gesicht (voltus multa et praeclara minantis v. 9.), mit gesteigerter Liebe zu seinen Büchern (stipare und comites educere tantos v. 11 sq.). Woher aber diese plötzliche Geistes- und Gemüthsrevolution? Ist es nicht albern, mit Wieland und Heindorf zu reden von der Neigung zum sacrosanto far niente, vom Dienst der Venus und des Bacchus, von harmlosen Genuß seines Sabinums, um des Horaz Schweigen zu erklären, gegenüber dem scriptorum quaeque retexens, iratus sibi, quod vini somnique benignus (d. h. trotz aller Förderungsmittel poetischer Stimmung und Leistung) nil dignum sermone canat? Oder was waren es für plötzlich in seinen bisherigen Studien entdeckte Schwierigkeiten und Bedenken, die an Stelle der ruhigen Pflege und glücklichen Nutzung jener alle die Eingangs Sat. II, 3 geschilderten Erscheinungen setzten, dieses langdauernde blos receptive Verhalten, einem Damasipp als improba Siren desidia erscheinend, diese Schüchternheit und Unzufriedenheit mit sich selbst? Ich meine, der Schlüssel zu diesem Räthsel liegt einzig und allein in der Nennung des **Archilochus** als neuestes Glied in der Kette der v. 11 sq. aufgezählten Studienmittel. Nicht als wäre jetzt erst Archilochus in die Hände unsers Dichters gefallen; dazu hatte der Parier eine zu große Bedeutung für das Alterthum, dazu hing er zu eng mit den alten Komikern selbst zusammen, von denen ein Cratin geradezu als Schüler und Nachahmer des Jambographen erschien [1]). Doch

---

1) Vgl. **Bergk** commentt. de. com. ant. 1, 1.

wie, wenn der Satiriker anfangs zwar den Archilochus nur las, um sich zu ergötzen und zu stärken an dem Glanz des Witzes und der Schärfe der Lauge, wovon jener überströmte, aber allmählich in Folge der im Alterthum verbreiteten markirten Bedeutung dieser litterarischen Größe [1] ihn auch für sich und aus anderen Gesichtspunkten betrachten lernte? Trat dies aber einmal ein, so lag ohne Zweifel der Gedanke nahe, nach der Analogie der glücklichen Verwendung der Komiker für die Satirencomposition jene ersten Jambenversuche wieder aufzunehmen und an der Hand des Griechischen Meisters auszubilden zu einer neuen Schöpfung der Römischen Kunstpoesie. Erst auf diesen Plan und seine Ausführung legte er selbst noch in späterer Zeit die größte Bedeutung, indem er darüber Epist. I, 19, 21—25 sich äußert:

> Libera per vacuum posui vestigia princeps,
> Non aliena meo pressi pede. Qui sibi fidit,
> Dux regit agmen. Parios ego primus iambos
> Ostendi Latio, numeros animosque secutus
> Archilochi, non res et agentia verba Lycamben.

Denn hier fällt weniger die unbedingte Beanspruchung der Originalität auf gegenüber manigfachen früheren Versuchen [2]; mehr ist zu beachten die feierliche Wendung ostendi Latio (δεικνύναι, ἀποδεικνύναι term. techn. von Mysterienoffenbarungen Eichstädt Krit. Nachtr. zu Nitsch und Haberf. p. 229 sq.) als Ausdruck des Werthes, den Horaz im Hinblick auf die nicht gewöhnlichen Schwierigkeiten derselben noch spät auf seine Epodendichtung legte. Und allerdings, unter der Menge Archilochischer Leistungen das eigenthümlichste und für ihn passendste Object zu wählen, die durch alle früheren Unternehmungen noch ungefügig gelassene Sprache zum leichtesten und reinsten Jambenflusse zu bringen, den Feuergeist

---

1) Jambus und Archilochus, frühzeitig identificirte Begriffe, repräsentirten von jeher den Alten die Poesie des Spottes (Diomed. Gr. l. III. p. 482. Putsch. Iambicum est carmen maledicum, appellatum παρὰ τὸ ἰαμβίζειν, quod est maledicere, und in diesem Sinne sprüchwörtlich υἱὸν Ἀρχ. Athen. XI. p. 505. E., Ἀρχίλοχον πατεῖ Welcker Rhein. Mus. III, 359., Archilochia dicta Cic. ad Att. II, 20, 21.), welche Ansicht sanktionirt wurde durch die Alexandriner (Quint. instt. or. X, 1, 59: Ex tribus receptis Aristarchi iudicio scriptorum iamborum ad ἕξιν maxime pertinebit unus Archilochus), eine Auctorität, die noch neuerdings selbst einen Bentley die Geltung des Archilochus traditionell beschränken ließ in Hor. Epist. I, 19, 29: Archilochum nemo omnium poetis Lyricis adscripsit. Daß Horaz selbst aber den Archilochus vorzugsweise aus diesem Gesichtspunkte betrachtete, geht deutlich hervor aus Archilochum proprio rabies armavit iambo, wozu Estré Prosopogr. Hor. p. 20. richtig bemerkt: Proprio dicit iambo, quippe eius, quem universa fere antiquitas iamborum fecit inventorem.

2) Diomed. l. l.: Iambici carminis praecipui scriptores apud Romanos Lucilius et Catullus et H. et Bibaculus. Ja sogar Cato sollte Jamben gegen Scipio geschrieben haben nach Plut. vit. Cat. c. 7. Allein die Augustischen Dichter negirten grundsätzlich die subjective Dichtung der Republik in allen ihren Theilen und waren sich in der eigenen Kunstpoesie einer vollkommenen Neuerung mit Recht bewußt.

des Archilochus für ganz veränderte Bedingungen zu moduliren, zu dämpfen, überhaupt zu beherrschen waren wahrlich Schwierigkeiten genug, bei ihm jenen Zustand der Unsicherheit und Zurückhaltung hervorzurufen, wie es überhaupt eine charakteristische Seite des Horazischen Geistes war, nur auf gehörig sondirtem und ermessenem Boden rasch und sicher vorzuschreiten. Das Kunstprinzip, welches er in der Nachbildung des Archilochus verfolgte, ist von ihm selbst klar und deutlich ausgesprochen: alles materielle Anlehnen vermeidend, hielt er sich nur an die Form und den Geist des Griechischen Musters. In die numeri Archilochi d. h. in das epodische Metrum, dessen gangbarste Variationen, den einfachen iambischen Trimeter (Epod. 17.), dessen Verbindung mit dem iambischen Dimeter (1 — 10) und dem Hexameter (16), letzteren mit dem iambischen Dimeter (14. 15.), und dem dactylischen catalectischen Tetrameter (12), die asynartetischen Rhythmen in ihren beiden Arten (11. 13 vgl. Herm. El. doctr. metr. p. 671), die heutige Epodensammlung zu umfassen scheint, in dieses epodische Metrum kleidete er durchaus individuelle und nationale Stoffe, sie entwickelnd und erfüllend mit dem dieser Gedichtgattung eigenthümlichen Tone und Geiste[1]). Denn es ist eben so einseitig, mit Bentley den Ausdruck animi Archilochi von der argumenti acerbitas zu verstehen, die sogar der Mehrzahl der Horazischen Epoden nicht eigen ist, als beschränkt, mit den meisten neueren Erklärern ihn für „poetischen Schwung, poetisches Feuer, Begeisterung" zu nehmen, was alles sich erstlich nicht studiren läßt und zweitens die Epoden in einen fast lächerlichen Gegensatz zu den übrigen Leistungen des Horaz bringen würde. Vielmehr ein Gemisch von bitterem Ernst und muthwilligem Scherz, von sinnlicher Derbheit und weltmännischer Feinheit, von scharfer Polemik und freundschaftlicher Vertraulichkeit, von ironischer Versteckheit und dreister Offenheit, das waren die animi, die Horaz mit seinem Gefühl an und in den Gedichten des Archilochus entdeckte und verfolgte, die er wiederum sich eine Lehre sein ließ zur Ausübung der schwierigen Forderung descriptas servare vices operumque colores. Und was er durch solche Studien erreichte, das bezeugt noch heute der frische productive Geist, der gerade die Epoden durchdringt und selbst in den Oden oft vermißt wird, das die Darstellung, die, bei weitem gewählter, sauberer, gemessener als bei den meisten seiner Vorgänger, mit Erfolg aufstrebt zu klassischer Objectivität. Nach Feststellung seines Objectes und Prinzips vollendete er übrigens im Zeitraum von ein Paar Jahren und mitten unter den manigfaltigsten und bedeutendsten satirischen und lyrischen Productionen die ganze Epodensammlung. Ob er dazu auch minder bedeutende Jambographen, wie einen Hipponax, studirte, läßt sich bei der Bestimmtheit seiner obigen Aussage wenigstens aus der nach Alexandrinischer Anekdotenkrämerei schmeckenden Notiz Epod. 16, 14 nicht mit Sicherheit schließen.

---

1) Bernhardy Röm. Littg. 2. Aufl. S. 475: Die Epoden geben Bilder aus dem individuellen Leben, weshalb ihnen immer eine persönliche Beziehung eigen ist. Man vgl. auch, was von dem Wesen der Jambischen Poesie vortrefflich sagt Roth: De Satirae natura (Norlberg. 1843. 4.) p. 1 — 3. Obwohl, wie wir sehen werden, einige Epoden auch den Charakter reiner Studienstücke tragen.

Studium der Lyriker.

6. Daß Horaz nach kaum beendigtem Studium des Archilochus und lange vor dessen vollständiger Ausbeutung behufs der Imitation sich zu den Studien der eigentlichen Lyriker wandte, lag einzig und allein schon im Zusammenhange jenes mit diesen begründet und ist ein neuer Beweis, mit welch tiefem Kennerblicke und richtigem Urtheile Horaz nicht nur Wesen und Eigenthümlichkeit der einzelnen Griechischen Schriftsteller, sondern auch ihre litterarhistorische Verbindung zu entdecken und zu würdigen wußte. Alles dies zeigt deutlich die Fortsetzung der im Vorigen angezogenen Stelle Epp. I, 19. 26 — 31:

> Ac ne me foliis ideo brevioribus ornes,
> Quod timui mutare modos et carminis artem:
> Temperat Archilochi Musam pede mascula Sappho,
> Temperat Alcaeus, sed rebus et ordine dispar,
> Nec socerum quaerit, quem versibus oblinat atris,
> Nec sponsae laqueum famoso carmine nectit.

Es würde zu weit führen, alle verschiedenen Erklärungen aufzuzählen, die diese schwierigen Worte in älterer und neuerer Zeit erfuhren, wiewohl alle Interpretation hier durch Bentley in zwei Hälften geschieden wurde, von denen aber jede nur mehr oder weniger einzelne Momente der Wahrheit zu enthalten scheint. Beide mögen daher benutzt, nicht beschrieben werden. Horaz schrieb Epp. I, 19 zu einer Zeit, wo bei schon vorliegender Sammlung der drei ersten Odenbücher ein aufklärendes Urtheil über seine Gesammtleistung als Lyriker gegenüber so manchen Verdächtigungen seiner Feinde und Irrthümern seiner Anhänger gegeben werden mußte und konnte, und er that dies hauptsächlich in vv. 21 — 34, welche Aufschlüsse brachten über Werth und Charakter einerseits seiner epodischen (23 — 25), andererseits seiner lyrischen Dichtung (32 — 34), wozwischen obige Worte das Mittel- und Bindeglied bilden. Einestheils enthalten sie daher eine vertheidigende Erklärung seiner bei Benutzung des Archilochus befolgten Methode, anderntheils eine Belehrung über Unterschied und Fortschritt der eigentlichen Lyrik gegenüber der Archilochischen Dichtung, welcher Wendepunkt in v. 29. liegt. Bentley hatte somit Recht, wenn er festhielt an der Lesart **sed** statt der Conjectur **et**, aber nicht, wenn er construirte: Sappho **mascula** temperat **Musam** (suam) pede Archilochi anstatt der alten Erklärung: Sappho m. t. Archilochi **Musam** pede, die wiederum darin irrte, daß sie pede durch suo erläutern wollte. Pes aber bedarf keiner Erläuterung, da es entweder die engere Bedeutung „Versfuß" oder die „Versmaß" hat[1]) und in letzterem Falle oft zwar ein bestimmendes Beiwort, wie

---

1) Hermann El. doctr. m. p. 18: Pes a musicis et rhythmicis, plerumque etiam a metricis ita dicitur, ut non solam temporum comparationem, sed etiam, qui in iis temporibus numerus inest, spectent.

Lesbium pedem Od. IV, 6, 35 hunc pedem A. P. 81, erhält, öfter aber auch ohne ein solches durch den bloßen Gegensaß des Inhaltsbegriffes als „formale Seite eines Gedichts" charakterisirt wird, wie Epod. XIV, 12; qui flevit amorem non elaboratum ad pedem, Sat. I, 4, 7: hosce secutus, mutatis tantum pedibus numerisque, welches leßtere Wort nur wegen des nicht scharf hervortretenden Gegensaßes eregetisch hinzugefügt ist. Pes also absolut geseßt [1]) und unmittelbar vor das prägnante, in Ort und Sinne durchaus nicht zufällige, bei Alcäus durch bloße Namennennung repräsentirte mascula [2]) ergiebt den Sinn: Kunst und Geltung einer Sappho und eines Alcäus beeinträchtigt nicht d e r f o r - m a l e und geistige Zusammenhang, der zwischen ihnen und Archilochus bestand, indem beide die Leistung des Archilochus (Archilochi Musam) in formaler Beziehung (pede) ohne wesentliche Veränderung zur ihrigen machten (temperare), sie handhabend und erfüllend mit demselben energischen Dichtergeiste [3]). Wem diese Erklärung irgend einen Zweifel übrig läßt, der erwäge, wie nur durch sie ein vernünftiges, die Absicht des Dichters in Bezug auf die Worte ne me foliis — carminis artem deutlich aussprechendes tertium comparationis gewonnen wird, der bedenke, wie hier keine andere als die poetisch-musikalische Bedeutung von temperare in Betracht kommen kann, die nach Stellen wie Od. IV, 3, 18. Prop. II, 34, 18 nichts anderes als den Vortrag bezeichnet, der erinnere sich endlich, wie nach zahlreichen Berichten der Alten [4]) Archilochus mit wundersamer Erfindsamkeit schon alle Grundformen und Hauptgänge der späteren Melik entdeckte und in Anwendung brachte und sich durchaus nicht beschränkte auf die Epodencomposition. In der That waren die Sapphischen und Alcäischen Weisen überhaupt, nicht blos die in den bekannten eigenthümlichen Strophen verlaufenden, zum Theil reine Nachklänge, zum Theil

---

1) Die Erklärung Bentley's und seiner Nachfolger zeigt außer in der willkürlichen Trennung und Ergänzung der Textworte besonders darin ihre Schwäche, daß die Auslegung des Wortes pes wie ein in's Wasser geworfener Stein immer weitere Kreise beschreibt. Bentley versteht darunter „Jambus", Andere „Sylbenmaß überhaupt", Andere „Vers", Andere „Strophe", Andere endlich sogar collectiv „Lieder."

2) Daß pede mascula in inniger Sinnesverbindung stehen, sah auch Welcker Sappho von einem herrschenden Vorurtheile befreyt, Göttingen 1816. Kl. Schriften Thl. II. p. 115 sqq., der nur das Verdienst der richtigen Erklärung von pede als carminum genere wieder paralysirt durch die hinzugefügte Deutung vom famosen Leukadischen Sprung. Im Uebrigen, namentlich über die Stellung des mascula vor Sappho, siehe Estré Prosop. Hor. p. 27. extr.

3) Daß dieses der Sinn des verfänglichen mascula sei, sahen schon die ältesten Ausleger, neben eben so frühen Albernheiten. Schol. Porphyr ad h. l.: mascula, vel quia in poetico studio versata est in quo saepius enituit, vel quia tribas diffamatur fuisse. Nicht einmal die von Baxter und Buttmann Mythol. I, p. 322 als armselige Ausflucht ersonnene Dilogie gestattet der Ernst und die Würde der Horazischen Stelle.

4) Gesammelt von Bernhardy Gr. Littg. I. p. 262; II. p. 337 sq.

nur Fortſetzungen und Erweiterungen der Archilochiſchen Metrik ¹), und Horaz ſagt nicht zuviel, wenn er eine breite von Archilochus gelegte Baſis in ihnen anerkennt und die ganze Verſchiedenheit und Neuerung derſelben durch den Ausdruck ordine dispares im Allgemeinen als eine äußerliche, das Weſen der Sache nicht berührende Veränderung charakteriſirt. Mit der fortleitenden, nicht abbrechenden Adverſativpartikel sed (nicht at) geht er aber geſchickt über zur Erläuterung der Eigenthümlichkeit der Lyrik gegenüber der Jambendichtung; jene unterſcheidet ſich von dieſer durch Inhalt (res), Form (ordo) und Ton, der Inhalt erweitert ²), die Form variirt, der Ton gemildert und veredelt. Denn es iſt nicht wahr, was die meiſten Interpreten behaupten, die Worte nec socerum — nectit ſeien bloße Epexegeſe der vorhergehenden: sed rebus dispares, ſondern ſie vertreten in den gewählten Ausdrücken versibus oblinere atris und laqueum famoso carmine nectere den Sinn deſſen, was er vorher von ſich prädicirte: non agitantia verba Lycamben.

Doch ziehen wir eine Summe des Geſagten: Horaz, durch Archilochus belehrt, wie nach Verlaſſung der versus unius generis und non nexi (Herm. l. l. p. 668) eine Menge verſchiedener Rythmengebilde ſich ſchaffen ließe, und dreiſt gemacht durch mehrere immer leichter und glücklicher von ſtatten gehende Lateiniſche Nachbildungen, kam frühzeitig auf den Gedanken, Studium und Nachahmung zu erweitern, zumal die Bitterkeit und Schärfe der iambiſchen Argumente auf die Länge weder ſeinem Charakter noch ſeiner Stellung zuſagen konnte ³). Daher nahm nicht nur eine Mehrzahl ſeiner Epoden (10. 11. 13. 15. 9. 1.) im Laufe der Zeit eine immer entſchiedenere lyriſche Färbung des Inhalts und Tones an, zum Theil, wie in 13 und 15, auf lyriſche Muſter geſtützt, es trat auch ſehr bald wieder ein Zuſtand ein, wie der Sat. II, 3 geſchilderte; die munter begonnene Jambenproduction gerieth völlig ins Stocken, das Intereſſe daran ſchwand ſo völlig, daß ihm ſelbſt ehrenvolle

---

1) Wenn auch z. B. der iamb. Trimeter, wie Welcker in Jahn's Jahrbüch. für Phil. B. XII. S. 29 (Kl. Schriften Thl. I. S. 139.) bemerkt, weder von den Grammatikern der Sappho und dem Alcäus beigelegt wird, noch in beider Fragmenten vorkommt, ſo iſt dies erſtlich bei der anerkannten Klaſſificationswut jener und der Zertrümmerung dieſer kein erſchöpfender Grund, warum beide nicht auch in dieſem Versmaße gebichtet haben ſollten, und dann iſt doch der brachykatalectiſche Trimeter und der neunſilbige Jambus des Alcäus wie der katalectiſche Trimeter der Sappho nur eine ziemlich leiſe Modulation des Archilochiſchen Metrums.

2) Frühzeitig erkannte man eine gewiſſe Beſchränktheit des Archilochiſchen Stoffes an. Quint. Instt. or. X, 1, 60: Summa in hoc vis elocutionis, quum validae tum breves vibrantesque sententiae, plurimum sanguinis atque nervorum adeo ut videatur quibusdam, quod quoquam minor est, materiae esse, non ingenii vitium.

3) Er war bei weitem noch mehr in der Lage, welche Pindar von ſich prädicirt Pyth. II, 96 sqq., Ἐμὲ δὲ χρεὼν φεύγειν δάκος ἀδινὸν κακαγοριᾶν· εἶδον γάρ, ἑκὰς ἐὼν, τὰ πόλλ' ἐν ἀμαχανίᾳ ψογερὸν Ἀρχίλοχον βαρυλόγοις ἔχθεσιν πιαινόμενον.

Anerkennung und freund- und gönnerschaftliche Aufmunterung läſtig fiel, und er alle Mittel und Wege verſuchte, um Zeit zu gewinnen für neue höhere Studien. Das iſt meiner
Anſicht nach der wahre Inhalt und Grund, wenn er Epod. XIV. an Mäcen ſchreibt:

> Mollis inertia cur tantam diffuderit imis
> Oblivionem sensibus,
> Pocula Lethaeos ut si ducentia somnos
> Arente fauce traxerim,
> Candide Maecenas, occidis saepe rogando:
> Deus, deus nam me vetat
> Inceptos, olim promissum carmen, iambos
> Ad umbilicum adducere.

welche unſchuldige Myſtification noch gegipfelt wird durch den ſchalkhaften Schluß:

> Ureris ipse miser: quodsi non pulchrior ignis
> Accendit obsessam Ilion,
> Gaude sorte tua, me libertina neque uno
> Contenta Phryne macerat.

Denn weit entfernt, daß daraus in Folge unſerer Anſicht der alberne Schluß gezogen werden müßte, es würde dann Mäcen auch als in lyriſchen Productionen begriffen
dargeſtellt, war es vielmehr gerade Abſicht des Dichters, den drängenden Gönner hinters
Licht zu führen und ſo auf gütliche doch einwandloſe Weiſe mit ſeiner Bitte für jetzt wenig-
ſtens abzuweiſen, wenn er auch ſpäter erſt die wahre Natur jener Phryne non uno contenta
begreifen ſollte. Nachdem nämlich der Dichter durch Ausſprüche wie Od. I, 6, 17 sqq.;
I, 19, 9 sqq.; II, 1, 39 sq.; II, 12, 13 sqq.; III, 3, 69 sqq.; III, 14, 17 sqq.; III,
26, in.; III, 28, 9 sqq.; IV, 1 in. et fin. ihn hinlänglich belehrt, wie er nicht nur die
Lyrik nach ihrem Hauptargumente, der Erotik, zu bezeichnen, ſondern ſogar in gleicher
Situation das gleiche Manoeuvre anzuwenden pflegte, ſo mußte wohl endlich von ſelbſt
jenes ſimple Liebesgeſtändniß vor ſeinen Augen ſich verwandeln in die ebenſo ſinnige als
ſchlaue Andeutung der anmuthigen, reichen, viel beſchäftigenden Ideenwelt, die dem Dichter durch das Studium der Lyriker erſchloſſen war und ſeine Seele mit neuen Gedanken
und Plänen erfüllte.

(Fortſetzung folgt.)-